전쟁은 '평화를 지키기 위해서'라는 명분 아래
수많은 젊은이들의 목숨을 거두어 갔다.
가족과 국민들의 희생도 따랐다.
다시는 이런 비극이 일어나지 않기를
기도드린다.

이 글은 32만의 파월장병들과
시대를 함께하며 묵묵히 땀을 조국에 바친
모든 아버지에게 바친다.

소리 없는 영웅

1

소리 없는 영웅 1

초판 1쇄 발행 2014년 1월 11일

지은이 **최수돈** · 발행인 **권선복** · 편집주간 **김정웅** · 편집 **신지은** · 디자인 **최새롬** · 마케팅 **서선교** · 전자책 **신미경** · 발행처 **도서출판 행복에너지** · 출판등록 **제315-2011-000035호** · 주소 (157-010) **서울특별시 강서구 화곡로** 232 · 전화 0505-613-6133 · 팩스 0303-0799-1560 · 홈페이지 www.happybook.or.kr · 이메일 ksbdata@daum.net

값 15,000원

ISBN 979-11-5602-030-1 04810
ISBN 979-11-5602-029-5(세트)

소리 없는 영웅

1

나 월남 간다

최수돈 지음

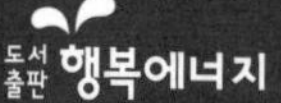

도서출판 행복에너지

목차

1권 나 월남 간다

1부 용사의 결심

2부 여기가 월남이다

등장인물

* **기동찬**

극을 끌어가는 인물

190cm 가까운 키에 건장한 체격.

피할 수 없는 일이라면 묵묵히 일을 해나가는 성격의 소유자. 늦은 나이에 입대해 남보다 더 큰 고충을 받는다. 백골부대로 전입하자마자 한참 어린 고 병장의 괴롭힘을 받다가 월남파병. 그냥 평범한 사람이 자기 할 일을 묵묵히 하는 모습이 진짜 사나이라는 것을 보여준다.

* **고 병장**

160cm도 안 되는 키에 다부진 체격. 둘째 형의 영장을 들고 군대에 왔다. 지옥에서 쫓겨난 악마라고 불릴 정도로 정말 지독한 성격. 악마의 현신이랄까. '지는 것은 죽음이다'를 외치는 절대 지지 않는 성격.

* **이 병장 (이상진)**

노모가 홀로 고향에서 농사를 짓고 계신다. 어머니가 혼자 논밭 일을 하는 것이 마음 아파 논밭을 팔아 편히 지내고 계시라고 했지만, 아버지의 몸 같아 팔 수 없고 소가 있으면 일이 더 수월할 것 같다고 한 노모의 한마디에 소 값을 벌기 위해 월남전에 자원한다.

* **허 병장 (허경한)**

허 도깨비라는 별명답게 어디로 튈지, 어떤 짓을 할지 종잡을 수 없는 인물. 그에게는 의외로 예쁜 여동생이 있다. 그래서 중대원 전체로부터 '처남'으로 불린다. 고생 끝 행복 시작!이라고 생각했는데 나중에는 동생을 너무 여럿에게 팔아먹어 골 아파 한다.

* **선임하사 (박 상사)**

175cm 정도, 특징 없는 체격에 서글서글하고 속 깊은 아저씨의 인상. 완벽한 촌놈. 군대가 자신의 전부인 줄 알고 있는 인물. 신체검사 날 처음으로 도시구경을 한 두메산골 출신으로 군대에 와서 글도 익히고, 장가도 가고 아이도 생겼다. 그래서 그에겐 군이 인생의 전부라고 할 수 있다.

* **윤 하사**

강인한 정신력의 소유자. 곧이곧대로 하는 성격. 투코 박격포반을 이끈다. 그는 후보생일 때 조교들의 돈을 걷어달라는 청을 듣지 않아 혹독한 훈련을 받는다. 끝까지 참아내는 강인한 체력과 정신력을 겸비하고 있다.

* **양 대위**

강 대위를 이어 새로 부임한 선임하사 양 대위.
사랑 앞에 용기 있는 남자. 사관생도 출신 양 대위는 이화여대로 가 용기 있게 사랑을 얻는다. 그 사랑하는 사람의 사진을 철모에 넣은 채 투코 진지로 향한다.

* **강 대위**

9중대를 이끌어가는 중대장.

새로 부임한 양 대위에게 위임하고 물러나려 했으나 후배 양 대위의 죽음을 목전에서 목격하고 만다. 통탄하는 것도 잠시. 다시 9중대를 이끌어간다.

* **염 중위**

포병장교. 강 대위와 함께 하나 남은 무전기로 상황실에 포탄점을 불러준다.

* **이 중위**

투코 1소대 소대장.

특공부대를 꾸려 선봉을 맡았다.

* **서 중위 (서진혁)**

투코 2소대 소대장.

180cm 정도의 키에 훤칠한 외모. 황태 덕장을 관리하는 아버지를 열심히 돕는 건실한 청년. 덕장 집 주인의 딸인 미자에게 농락당한 후 입대를 한다. 그녀의 결혼식장에서 난동을 피우고 파월을 결정한다.

* **전 중위**

투코 3소대 소대장.

173cm 정도, 강단 있는 체격. 어릴 적 마을을 위해 강물에 넘치는 둑을 막으려다 물에 씻겨나간 아버지의 의기를 이어받은 인물. 해일처럼 밀려오는 적을 중대원들과 함께 꿋꿋이 막아나간다.

* **한 병장**

한마디로 뺀질이. 눈치 하나는 수준급이라 상급자는 받들어 모시고, 하급자는 그의 밥이다. 허 병장이 소대에 오면서 찰떡궁합 같은 사이가 되었으나 그에게서 사진 한 장 얻지 못했다.

* **곽 병장**

180cm 군살 없는 탄력 있는 몸매.

월남 왕고. 과묵하고 묵직한 성격. 중대에서 실전 경험이 가장 많은 용사. 그래서 병사들 사이에서는 소대장보다 대접을 받는다. 공병생활이 싫어 베트남 파병을 했으나 투코 진지를 그가 혼자 구축하다 시피 했다.

* **김 병장**

또이라(통역)병으로 편지를 전달하는 역할을 하다가 투코 진지에서는 M60기관총 부사수를 맡았다. 그는 입대 전 국가대표 급 야구 선수로 장래가 촉망되는 실력을 가졌으나 꼴통으로 찍혀 군대에 들어갔다.

* **최 병장**

174cm. 운동으로 다져진 다부진 체격.

일도양단의 전사. 동물적 육감을 지닌 천부적 첨병.

최고의 검사. 동기이자 돌목사 문병장을 사람 만들겠다며 투코 전장에 꼬셔 데려간다.

* **문 병장**

커피로 전도하는 돌목사. 전도를 핑계로 온갖 훈련에는 참가하지 않는다. 최 병장이 사람 만들겠다며 투코 전장으로 데려간다.

* **손 병장**

마르고 작은 체격과 검은 피부.

검은 피부에 마른 체격의 그는 베트남 사람보다 더 베트남 사람같이 보이지만 피카디리의 화가라 불린다. 극장에서 간판그림을 그리다 입대해서다. 기관총 사수로 올100 사격을 하는 능력자. 인 상병이 잘라준 뚜껑머리가 잘 자라지 않아 고민이다.

* **변 병장**

윤 하사의 지시를 충실히 수행한 박격포반 꽹과리 꾼.

아버지의 피를 물려받아 사물놀이에 있다가 군대 온 상쇠. 진지 구축에서도 싸울 때도 그는 마음속 꽹과리를 놓지 않았다.

* **정 병장**

신 병장이 김치 건더기 하나 주지 않아도 묵묵히 불평 없이 먹었던 병사. 신 병장은 정병장의 용감한 모습을 보고 감동을 받는다.

용사의 결심

예고된 이별

이별에는 눈물이 따른다. 세상에서 이토록 처절한 이별의 눈물이 있을까. 부둣가에 수많은 인파가 목 놓아 울고 있다. 손을 흔들며 꼭 살아 돌아오라고 눈물짓는 그들이 향한 곳에는 파월장병이 타고 있는 배가 있었다.

"잘 갔다 오그래이…."

부둣가에 모인 수많은 사람은 모두가 한마음이었다. 너도나도 '무사히 다녀와라' '살아서 돌아와라'를 목청껏 부르짖으며 파월장병들이 탄 배를 향해 사과를 힘껏 던진다.

사과 하나가 허공으로 솟아오른다. 이어 다른 사과들도 줄줄이 따라온다. 빨랫줄에 묶인 사과가 장병들이 타고 있는 배 위로 날아갔다. 사과뿐만이 아니었다. 빨랫줄로 묶은 상자 안에 김밥, 통닭구이, 사탕, 빵, 과자와 그리고 담배까지 평소 먹을 수 없던 것들을 넣어 배 위로 던져주었다.

배에 미처 닿지 못하고 떨어진 사과도, 갑판 난간에 줄이 걸리는 사과도, 받지 못해 부두로 떨어져 부서지는 사과도 있었다. 배 위의 장병들은 어떻게든 받아 내기 위해 애썼다. 부두 바닥으로 떨어져 산산조각 나는 사과를 보면, 이걸 던진 부모님의 마음도 산산조각 날 것이란 걸 알고 있었기에….

부두에서 부모들은 아들이 타고 있는 배 위로 먹을 것들을 던졌다. 그리움에 하염없이 아들의 이름을 부르는 부모도 있었다. 부두에는 그런 모습만 보인다. 모든 부모가 다 그렇다. 무사히 돌아오길 바라는 마음으로 빨랫줄을 묶어 사과를 던지고, 들리지 않지만 들리기를 바라는 마음으로 목 놓아 아들의 이름을 부르고 있다.

하늘을 가르며 쏘아지는 사과를 열심히 받아내던 장병 하나가 유난히 긴 줄이 묶인 사과를 받아들었다. 서서히 줄을 당기자 팽팽해졌다. 팽팽해진 줄 끝에는 한 아버지가 계셨다. 아버지는 애달프게 아들의 이름을 부르짖고 있었다.

"김영식!"

"누구요?"

서로 뭐라 소리를 지르지만, 들리지는 않는다. 장병은 다른 장병들에게도 도움을 청해 같이 들어보았다. 그래도 들리지 않았다. 아버지는 장병들이 알아듣지 못해도 계속해서 이름을 불렀다. 목이 갈라져 소리가 제대로 나오지 않자, 답답한 듯 한쪽 가슴을 세게 치며 절규에 가득 찬 목소리로 아들의 이름을 불러댔다.

어쩌다 들을 수도 있으니까, 우연이라도 제발 들리기 바라는 마음이었다. 그 마음이 다른 아버지에게 전해지기라도 한 것일까? 아들의 이름을 부르는 아버지 주위로 여러 아버지들이 모였다. 그리고 한 아들의 이름을 제창하기 시작했다.

"김 영 식! 김 영 식!"

여러 사람이 하나의 이름을 크게 부르자 줄을 잡고 있던 장병이 어렵게 알아들었다. 그 장병은 즐거운 마음으로 줄을 당기며 이름을 복창했다.

"김영식. 김영식."

옆의 장병들도 따라 이름을 복창하고, 주위의 장병들도 너나 할 것 없이 다 같이 불러주었다.

"김영식, 김영식…."

갑판 위에서는 파도타기라도 하듯 김영식이라는 복창이 여기저기로 전달되어 나갔다. 해일처럼 좌우로 번져나가는 제창이, 김영식에게 전달될 때까지 멈추지 않을 것 같았다.

"김. 영. 식."

"김. 영. 식."

철썩철썩 파도가 일렁이는 것처럼 배 안은 김영식을 찾는 목소리로 번져나갔다. 그 파도가 배 중간쯤에 다다를 무렵이었다.

"내가 김영식!"

갑판 선수 쪽에서 아래를 내려다보고 있던 김영식 상병이 손을 들며 외치고 있었다.

순간 주위에는 이름 부르기가 멈추고, 김영식 상병에게로 시선이 모아졌다.

"내가 김영식!"

그는 먹먹한 가슴을 부여잡고 소리치며 장병들을 헤치고 나갔다. 복도를 뛰어나가고, 칸을 건너며 층계를 뛰어내려 1층 복도로 내려와 소리가 나는 쪽을 향해 정신없이 내달린다. 마치 연어가 강을 거슬러 올라가듯 소리가 나는 쪽으로 오르고 있는 것이다.

"내가 김영식!"

처음 김영식이 시작되었던 빨랫줄을 든 장병 쪽으로 그가 다다르자 주위가 조용해졌다. 그리고 김영식 상병은 드디어 장병에게서 줄을 건네받았다.

"아버지."

비록 빨랫줄로 서로를 붙들고 있지만, 마치 양손을 마주 잡고 있는 것 같았다. 줄을 통해 전해져 오는 따듯한 온기와 힘차게 뛰고 있는 맥박의 움직임까지 서로에게 전해지는 것 같았다.

"아버지, 꼭 살아 돌아와 효도하겠습니다. 건강하세요."

떠나기 전에 그는 정말 하고 싶은 말이 많았다. 아버지에게 다 하지 못한 말들을 하고 싶었는데, 막상 얼굴을 마주하고 있으니 눈물만 앞을 가릴 뿐 머릿속이 하얗게 번져갔다.

"우리 아들! 그동안 아비 노릇 제대로 못 해 늘 미안했다. 동생 학비까지 벌겠다고 전쟁터로 가는 너에게 잘 커 줘서 고맙다는 말밖에 할 말이 없구나. 무사히 돌아오너라."

들리지 않았지만 다 알 수 있었다. 아들이 어떤 말을 했는지, 아버지가 무슨 말을 하고 계신지 서로의 눈을 보면 다 알 수 있었다.

아버지와 아들은 주위가 정지된 듯 마주 보고 있다. 그들이 정지된 시간을 보내는 동안, 부둣가에는 수많은 이별의 아픔과 슬픔이 묶인 빨랫줄이 하늘을 수놓는다.

* * *

〈6개월 전〉

병사들을 태운 트럭이 어느 부대로 들어선다. 탑승석에 웅크리고 앉아있는 병사들의 표정엔 비장함이 감돌고 있었다. 위병소 부근은 무척 깔끔했다. 부대가 강물이 흐르는 산자락에 있으면서도 낙엽 하나 보이지 않는다. 눈도 땅에 닿기 전에 한쪽으로 가차 없이 내쳐진다. 위병의 손에 들린 빗자루는 낙엽 하나도 용서할 마음이 없어 보인다.

트럭이 다가가자 위병이 경례구호를 외친다.

"백-꼴!"

경례만으로도 적을 제압할 기세다. 백골부대라 경례구호도 '백골'이다. 군인은 죽어 백골이 되어도 나라에 충성한다는 의지가 담겨 있다고 한다. 위병은 동작 하나하나에도 박력이 넘친다. 빳빳이 서서 총을 들고 내리는 동작은 바지에 날카롭게 세운 줄만큼이나 절도 있고 날렵하다.

트럭에는 신병들이 타고 있었다. 그들은 백골의 경례 구호를 듣는 순간, 턱과 배를 당기고 가슴을 앞으로 내민 반듯한 자세로 앉았다. 왠지 그래야 할 것 같아서다. 누가 시키지도 않았는데 군기가 바짝 든 모습으로 신병들은 부대에 입성했다.

동찬은 트럭에 앉아 백골부대의 위용을 보고 있었다. 긴장은 됐지만, 어느 정도 마음의 정리가 되어 있는 터라 그리 크게 놀라지는 않았다. 논산 훈련소에서 전방으로 떨어질 때 마음을 정리한 상태라서 오히려 덤덤해졌기 때문이다.

"인제 가면 언제 오나 원통해서…."

후방으로 배속된 운 좋은 동료들이 실컷 겁을 준 것도 한몫했다.

동찬은 자신과 같이 타고 온 신병들을 곁눈으로 한번 둘러보았다. 그들도 나와 비슷하리라는 것은 말을 하지 않아도 알 수 있었다.

그들이 처음 본 것은 연병장에서 훈련을 받고 있는 자대 병사들의 모습이었다. 그들은 웃통을 벗은 채 땀을 흘리고 있었다.

신병들의 입술 사이로 입김이 파르르 새어나왔다. 아직 겨울의 뒤끝이 남아있는 차가운 날씨다. 옷 속으로 송곳처럼 파고드는 냉기에 뼈가 시리다. 동찬은 보기에도 숨이 막혀왔다. 자신도 곧 저 무리에 섞여 있을 것이란 생각에 오싹한 기운이 감돌았다.

한쪽에서는 달리기를 해서 선착순으로 들어오는 훈련이 진행 중이었다. 동찬이 가장 피하고 싶은 훈련이기도 하다. 선두로 달려온 병사도 있는 반면, 뒤뚱거리며 점점 뒤처지는 병사들도 보인다. 꼴찌로 달리는 병사의 얼굴에는 이런 글씨가 쓰여 있었다.

'내가 발이 늦어서가 아니라 저놈들이 목숨 걸고 뛰고 있는 거다. 사회에서도 그놈의 등수가 사람 잡더니 군대에서 선착순은 더 잡는구나!'

병사들의 얼굴과 가슴 근육을 타고 흐르는 굵은 땀방울이 그렇게 외치고 있었다. 동찬은 저들이 흘리는 저 땀의 의미는 무엇일까 생각했다.

'훈련이 죽을 만큼 고되 고통스럽다는 하소연인가? 그건 너무 심한 표현이다. 아무리 훈련이 힘이 든다 해도 죽을 정도는 아닐 것이다. 그럼 훈련을 잘 견디어내고 있다는 투지의 표시인가? 아니면 기필코 견디어 내고 말겠다는 인간승리인가!'

동찬은 호된 훈련 모습을 보면서 '이런 정도'의 훈련을 잘 견딜 수 있기를 기도했다. 갑자기 두려움이 엄습해왔다.

'저런 훈련을 매일 받는다면 살아서 제대할 수 있을까? 나는 며칠이나 버틸 수 있을까? 진짜 문제는 내가 제대할 때까지 피할 수가 없다는 것이다. 앞으로 내가 견디어 내야 할 나의 숙제다. 얼마나 잘 풀어나갈지는 알 수 없다.'

머릿속엔 오직 견뎌 나가야 한다는 한 가지 생각만으로 가득 찼다.

동찬은 어렸을 때를 떠올렸다. 어렸을 때 그는 숙제를 하지 않은 적이 많았다. 마음속에는 해야 한다는 마음과 조금만 더 있다가 하자라는 두 가지 마음이 늘 싸움을 했다. 결국에는 조금만 더 있다가 하자는 마음이 이겨서 숙제를 못했다. 그러면 다음 날 선생님께 탱자나무 회초리로 발바닥을 눈물 나게 맞고, 엄마에게 들통 나서 빗자루로 온몸 여기저기 가리지 않고 마구 맞았다. 그렇게 맞았다고 어디 이상이 생긴 건 아니었다. 숙제만 더욱 싫어졌을 뿐. 그렇다고 학교에서 잘리지도 않았다.

'그래, 그때와 지금이 비슷한 경우다. 저기서 훈련받는 병사들은 어제도 분명 훈련을 받았을 텐데 어디 잘못된 건 아니지 않은가? 그래서 저리 멀쩡히 또 훈련을 받고 있는 것 아니겠는가!'

동찬은 마음에 힘이 생겼다.

강원도 철원 지방은 특별히 봄이 늦다. 삼월 말인데도 아직 바람이 맵고 먼 산에는 잔설이 묻어 있다. 부대 옆으로 흐르는 강물 속으로 그림자가 드리워진 곳에는 아직 얼음이 녹지 않고 반쯤 걸쳐져 흐른다.

병사들은 차디찬 강물에 시뻘게진 맨손으로 빨래와 설거지를 하고 있었다. 병사 서너 명이 옷에 비누칠을 몇 번 하더니 막대기에 걸어서 이리저리 흔들며 강물에 헹군다. 고참 빨래를 졸병이 대신 해주고 있는 것이다. 자신의 빨래라면 저렇게 비누칠을 겨우 몇 번 해놓고 막대기에 걸어 대충 헹구지는 않을 것이기 때문이다.

같은 강물이라도 위에서는 식기를 닦고, 아래에서 빨래를 한다. 상류와 하류로 하는 일을 구분하는 것은 당연한 일이다. 식기당번들은 볏짚을 접어 만든 수세미에 가는 모래를 묻혀 알루미늄 밥그릇을 닦는다.

저들을 바라보며 한쪽 주머니에다 손을 꼽고 구경만하고 있는 사람이 있다. 바로 1년 전까지만 해도 식기를 닦았던 김 상병이다. 강물과 퍼 올린 얼음 같은 모래알에 보기만 해도 손가락 뼈마디가 욱신거리는 것 같았다. 손이 곱은 병사들의 손놀림은 어딘가 어설

퍼 보인다. 그러자 식기당번 반장인 김 상병의 날카로운 지적이 이어진다.

"니들 식기에 기름기 남지 않도록 잘 좀 해."

자신도 졸병 시절이었던 지난겨울 저 자리에서 얼음을 깨고 식기를 닦았다. 그는 알고 있었다. 언 쇠그릇에 물 묻은 손가락이 닿으면 쩍쩍 붙어 얼마나 힘든지, 언 그릇에 물기가 닿으면 씻기는 것은 고사하고 그릇에 얼음층만 더 두껍게 쌓이는지를. 그래서 김 상병의 한쪽 마음에 조금 미안한 마음도 들었다.

그릇에만 얼음이 박히는 것이 아니다. 어설프게 닦은 그릇의 얼음처럼 손가락에도 얼음이 박힌다. 오죽하면 그릇 숫자를 줄이기 위해 자기가 굶어야겠다는 생각까지 할까. 물론 생각에 그치지만, 손가락에 박힌 얼음 때문에 설거지는 더 쓰리다. 김 상병은 식기당번 졸병들이 손가락을 호호 불며 식기를 닦는 모습에서 눈을 돌리며, 괜히 옆 소대 빨래하는 졸병들을 찌른다.

"야, 좀 성의 있게 빨아라! 아무리 고참꺼라고 해도 고따구로 빠냐?"

강 건너 너른 들판에 갈까마귀 떼가 날아오른다. 까마귀 떼는 빈 허공에 큰 원을 그리며 난다. 새들이 하늘을 마음대로 나는 것 같지만 그렇지도 않다. 갈 곳을 정하지 않았는지 날아오른 곳으로 다시 돌아오곤 한다. 옛날 기억들을 더듬는 것같이.

아직 지킬 것이 남았는지 우두커니 서 있는 허수아비가 보였다. 허수아비가 지켜온 빈 들판 너머로 민간인 집이 있었다. 김 상병은 아련해졌다.

'내가 까마귀라면 강물을 쉽게 건널 수 있을 텐데. 물 건너 민간인 집으로 가서 겨우내 묵어 군내 나는 김치에 감자밥이라도 한술 뜨면 좋으련만…. 그럼 보고 싶은 어머니에 대한 가슴앓이가 반쯤 채워지지 않을까….'

막연한 날갯짓에 더욱 서러웠다.

전방의 병사들은 그렇게 하루를 산다. 까마귀가 되고 싶다는 생각도 천 일을 보내는 천 가지 생각 가운데 하나다. 이제 오늘을 보냈으니 생각이 몇 개나 남았나를 계산해 본다. 빈 하늘을 종이 삼아 눈으로 써본다.

"설거지 끝났습니다."

식기당번들이 손에 묻은 물기를 옷에 씻어 닦으며 얼은 몸에서 나오는 떨리는 소리로 말했다. 주머니에 손을 넣고 있었던 김 상병도 춥긴 마찬가지였다. 설거지가 어찌 되건 누구보다 빨리 끝나기를 기다린 것은 김 상병 본인이었다.

"어이구 무지 춥다. 빨리 들어가자."

식기당번들은 오늘따라 김 상병이 잔소리를 아꼈다는 것을 느끼고 있었다. 물론 그 이유도 안다.

"오늘 신병이 오는 날이니, 김 상병님은 식기반장 은퇴 날이 되겠군요."

시뻘건 손으로 식기를 챙겨 내무반으로 들어가는 식기당번들의 분위기가 화기애애하다.

"드디어 중고참! 김 상병님, 축하합니다."

특히 구 일병은 자신의 일인 양 함박웃음을 짓는다. 그도 그럴 것이 그동안 김 상병이라는 똥차에 밀려 아직 식기반장에 오르지 못하고 있었다. 이제 신병이 오면 구 일병도 식기를 닦는 일에서 벗어난다. 내일부터는 병아리를 몰고 다니는 엄마 닭이 된다. 서라면 서고, 가라고 해야 갈 수 있는 병아리에서 하룻밤만 지나면 엄마 닭이 된다는 흐뭇함에 아직 내색은 하지 않았지만, 누구보다 기쁜 것은 구 일병 자신이었다.

구 일병이 김 상병에게 축하한다는 말을 남발하는 것은 자신에게 축하하는 말이다. 그래서 큰 소리로 연신 '축하합니다'를 외친다.

김 상병도 축하한다는 말을 듣고 보니 기분이 좋아졌다. 기분이 좋으니 얼은 몸이 사르르 녹는 것 같았다. 굳이 구 일병이 축하한다는 말을 해주지 않아도 중고참이 된다는 사실이 바뀌지는 않는다. 그러나 다른 사람의 입을 통해 직접 들으니 좀 새롭게 느껴졌다. 남의 입으로 들어 사실을 확인까지 받자, 천지개벽이 일어난다 해도 흔들리지 않는 반석 같았다. 그러고 보면 인생사가 그렇다. 받았으면 갚아야 하고, 주었으면 받아야 한다. 여기서 중요한 사실은 윗사람일수록 더 많이 돌려주어야 한다는 것이다. 김 상병은 말뚝 식기반장인 자기만큼 마음고생을 하고 있는 졸병 고참 구 일병의 어깨를 토닥이며 격려의 말을 건넸다.

"너도 나처럼 참고 기다리면 좋은 때가 올 거야."

김 상병에게 그날은 바로 오늘이었다. 그는 한동안 신병이 오지 않아 아직 쫄따구 신세를 면치 못하고 있었다. 신병이 오지 않은 것은 겨울이라 눈이 너무 많이 와서 신병을 태운 차가 올 수 없었기 때문이란다. 그래서 김 상병은 눈이 녹는 봄을 지난겨울 내내 기다렸다. 그리고 오늘, 기다리고 기다리던 신병이 온다.

식기당번들은 들뜬 기분으로 내무반에 들어섰다.

"백골!"

내무반 한쪽 구석에서 앉아있던 신병이 벌떡 일어나 경례를 한다. 식기당번과 김 상병의 시선은 동시에 동찬에게로 향했다.

"씨발. 이건 신병이 아니라 영감탱구잖아!"

한눈에 보기에도 자신들보다 훨씬 나이가 들어 보이는 동찬을 보고, 구 일병은 실망을 거둘 수가 없었다.

"엠병할. 재수대가리 하고는…."

일석점호를 마치고, 소대원들이 침상 3선에 맞춰 한쪽에 15명씩 두 줄로 앉아 있다. 동찬의 신고식을 준비하는 것이다. 즉, 신병 맞이 이벤트다. 이벤트지만 분위기는 영 좋지가 않았다. 어딘가 고압적이고 무엇인가에 눌려있는 듯 방 안 공기가 둔탁하다. 기다리고 기다린 신병 맞이 신고식이 오랜 장마 뒤끝같이 우중충한 분위기에서 시작되었다. 신고하는 동찬은 키가 무척 크고 덩치가 좋다. 반면 신고를 받는 왕고참 고 병장은 키가 작고, 행동이 좀 건들건들하다.

"빽-꼴! 신고합니다. 이병 기똥차는 1964년!…."

"그만. 뭐 니가 기똥차? 이 자식이 신고식 초장부터 하늘과 동급인 고참님을 희롱해?"

긴장한 동찬은 자신도 모르게 이름에 힘이 들어가 된소리로 발음하고 말았다. 신고식에 무슨 트집을 잡나 혈안이 되어있던 찰나에 아주 좋은 건수를 잡은 고 병장은 잔뜩 힘이 들어갔다.

이런 정신 빠진 놈이 군대생활을 무사히 마치게 하려면 제대로 가르쳐야 하며, 고칠 것은 바로바로 고쳐 주는 것이 신고를 받는 고참의 의무라는 것을 일깨워 주려 신고를 중단시킨 것이다.

작은 고 병장은 신병의 양어깨를 치기 위해 두 손을 높이 들었다. 그러나 손이 닿은 곳은 겨우 가슴팍이다. 점프까지 해가며 나름대로 멋지게 친다고 친 것이었다. 맞은 부위가 빗나갔다고 우기기에는 오차 정도가 심하다.

150이 겨우 넘은 작달막한 고 병장이 190cm 가까운 장승같은 신병의 양어깨를 정확히 맞추기는 쉽지 않았다. 고 병장은 약간 자존심이 상했다. 그는 누가 뭐라고 해도 지금까지 사람 치는 데 이골이 난 사람이었기 때문이다. 더욱 화를 돋게 하는 것은 동찬이 맞았는데도 꿈쩍도 하지 않았다는 사실이다. 고 병장은 약이 바짝 올랐다. 아프지 않았더라도 아픈 척이라도 해줘야 체면이 사는데 이놈은 매를 벌고 있었다.

'그래 해보자는 거지?'

오기가 생긴 고 병장은 다시 높게 점프해 동찬을 때렸다. 자기 딴에는 벌같이 날아 폼 나게 친다고 친 것인데 또 가슴팍을 치고 말았다. 때리는 고 병장도 맞는 동찬도 약간 당황한 듯 멈칫했다. 이때 어디선가 '킥'하고 웃는 소리가 들렸다.

사실 좋은 구경거리였다. 천하의 고 병장이 망신을 당하는 꼴이라니… 웃음이 안 나올 수가 없었다. 너도나도 속으로는 '고 병장 너 웃기고 있다.' 비웃고 있었다.

웃음소리가 들리자, 고 병장의 얼굴이 싸늘하게 굳어졌다. 사람은 여럿이 웃어줄 때보다 비웃음을 당할 때 화가 더 난다. 고 병장은 응징해야 할 순서를 바꾸기로 했다.

'안 되겠어 이 새끼들 저 큰 놈보다 웃은 놈들을 먼저 손봐야지.'

고 병장의 꼭지가 돌고 있었다. 이놈들이 감히 자신을 능멸하고 있다는 생각에 속이 뒤집혔다.

"엄숙한 신고식에 어떤 새끼가 초를 쳐? 웃은 씨뱅이, 기상."

소대원들은 이제야 제대로 상황파악이 됐다. 후회가 밀려왔다. 소대 졸병들에게 가장 무서운 것은 전쟁이 터지는 것이 아니라 시도 때도 없이 발광하는 고 병장이었다.

'저 인간만 없으면 군대생활도 할 만할 텐데.'

'귀신은 뭐하고 있나? 저놈 안 잡아가고?'

애꿎은 귀신들만 원망하고 있었다. 이럴 때는 누가 웃었는지 상관없다. 만약 어느 한 사람에게 책임을 묻기 어려운 일이 발생하면 무조건 졸병들이 단체로 책임을 져야 한다. 그게 내무반 불문율이다. 결국, 졸병 식사당번들이 총대를 멨다.

식사당번들이 겁에 질려 후다닥 일어섰다. 모두 일시에 일어났으며 한 명도 서로에게 미루지 않았다. 이런 일들이 자주 있었기 때문에 졸병들의 동작은 간결할 수밖에 없었다. 사고를 친 놈들 일어나라 했을 때 혹시 나는 해당되지 않을 것이란 기대를 가졌다가는 비겁하게 눈치나 보는 놈이라고 더 호되게 당한다. 차라리 여럿이 나누어 당하는 편이 고 병장의 체력 형편상 훨씬 가벼웠다는 것도 충분히 경험했기 때문에 망설임 없이 일어선 것이다.

"죽었어."

그들은 지금 생지옥을 눈앞에 두고 있었다. 악마가 지옥에 있지 않고 왜 사람과 같이 살고 있는 것인지, 그리고 왜 하필이면 자신들과 살고 있는 것인지 착잡한 심경이었다.

고 병장은 졸병들을 향해 침상 위로 날아올라 조자룡이 헌 창 쓰듯 주먹을 휘둘렀다. 그들이 마치 샌드백인 것처럼 저항할 수 없는 그들에게 무자비한 주먹세례가 이어졌다. 식기당번들이 어디를 맞게 되는지는 순전히 고 병장 마음대로다.

김 상병은 복부에 훅이 꽂히자 헉 소리를 내며 배를 안고 주저앉는다. 일등병 고참 구 일병은 양 볼에 번쩍번쩍 불이 난다. 양 볼에 손바닥 자국이 선명하게 빨갛다. 다른 졸병 한 명은 발길에 차여 뒤로 넘어지고, 또 다른 졸병 한 명은 가슴에 머리를 받혀 옆 사람과 같이 두 사람이 한 방에 넘어진다. 고 병장이 사람을 치는 기술은 무림의 고수 같다. 서 있던 졸병들은 빠짐없이 맞았다.

고 병장은 그야말로 광분하고 있었다. 내무반 졸병들이 철천지 원수인양 무자비하다 못해 거의 죽일 듯이 때리고 차더니, 나중에는 악에 받쳐 깨물기까지 한다. 졸병 한 명의 다리를 한입 가득 물고는 부들부들 떤다. 물린 사람이 분하고 아파서 치를 떨어야 할 상황인데 여기는 상식이 통하는 곳이 아니었다.

동찬은 사람을 깨물면서 치를 떠는 고 병장의 모습을 보자 사람이 아닌 것 같았다. 악마라고 말하는 것 외에 달리할 표현이 없을 정도였다. 사람이라면 저토록 잔인할 수가 없다. 맞으면 아프고 차이면 기분 나쁘기 마련이다. 저도 사람이고, 같이 군대생활을 하고 있으면서 어떻게 저렇게까지 할 수 있는지 도저히 이해가 가지 않았다. 그런 인간에게 상식이 통하고 이해가 되는 인간다운 행동을 바라게 되면 안 된다는 결론이 내려졌다.

그만큼 고 병장의 광란은 공포 그 자체였다.

고 병장이 한바탕 화풀이가 끝나고 다시 신고가 시작됐다.

"다시 신고한다. 실시."

동찬은 살벌한 광경에 질려 오줌을 지릴 지경이었다. 다리에서 힘이 빠져나가 구름 위에 선 것 같다. 정신마저 혼미해지는 것 같았다. 그런 동찬에게 고 병장이 채근한다.

"다시 하라구! 씹세야! 꼽냐? 꼬우면 할머니 보지로 나와서 군대 오지 그랬냐?"

동찬의 몸이 부르르 떨렸다. 욕도 이렇게 더러운 욕이 없었다. 정말 상종 못 할 인간이었다. 어떻게 한마디로 집안 전체를 욕보일 수 있는지…. 더럽게 욕을 해대니 이가 갈릴 만큼 치가 떨렸다. 동찬은 절망에 휩싸였다.

'이런 인간과 3년을 지내야 한다니….'

"빽! 꼴!"

경례를 올린 손에는 실수하지 않기 위해 정신을 가다듬으려는 노력이 보였다. 고 병장의 눈빛은 아직도 짐승 그 자체였다. 먹잇감을 찾으려는 눈빛으로 신병의 실수를 잡아내기 위해 부릅뜨고 동찬을 쏘아보고 있었다.

눈만 쏘아보는 것이 아니다. 저놈이라면 진짜로 잘못하면 총까지 쏘고 남을 놈이다. 살아남으려면 제대로 해야 한다. '아자 아자' 동찬은 속으로 기합을 넣어 본다. 실수 없이 제대로 하자고 자신을 추스른 다음, 마른 침을 한 번 삼키고 자신 있게 신고를 계속했다.

"신고합니다. 이병 기똥차!"

잠시 침묵이 흐르고 누가 먼저라고 할 것 없이 큰 소리로 웃음이 터져 나왔다.

"하하하하!"

영문도 모른 채 동찬은 웃음 속에 파묻혔다.

'왜 이러지? 내가 뭘 잘못한 건가?'

이번엔 진짜 웃을 일이 생긴 것이었다. 소대원들은 맘먹고 웃기 시작했다. 소대원들은 새대가리인 게 분명하다. 방금 전 내무반에서 어떤 일이 있었는지를 까맣게 잊을 정도로 재미있어 하니 말이다.

"우하하하, 아주 대놓고 지가 기똥차단다."

소대원 모두 배를 잡고 웃는다. 맘껏 웃을 일이 생겨 맘껏 웃어 보니 마음이 다 후련하다. 자신의 이름을 기똥차다고 말한 작은 실수지만, 웃을 일이 별로 없는 군대에서는 그게 바로 웃을 일이 된다. 그게 아니라면 그렇게 해서라도 웃고 싶은 것이 군인이다. 악마와 함께 살고 있는 소대 졸병들이 웃고 싶은 일을 만들어 냈다.

"우하하하" 하고 시원하게 들리는 웃음소리도 마음이 삭막한 사람에게는 웃음으로 들리지 않는다. 고 병장은 지금 웃을 때가 아닌데 내무반에 난데없이 웃음판이 벌어졌다고 생각했다. 평소 자기를 우습게 봤기 때문이다. 이건 그냥 넘어갈 일이 절대 아니다. 고 병장이 그렇게 생각하면 그런 거다. 크게 비웃는 소리거나, 한번 해보겠다는 도전인 것이다. 악마 같은 그가 원하는 소리는 고통을 이기지 못해 생을 포기하듯 질러대는 신음이다. 그런데 웃고 있다니…. 고 병장의 얼굴이 파래졌다. 그의 얼굴이 파래졌다는 신호는 지나간 경험으로 볼 때 내무반의 일급 비상사태다. 얼굴이 파래진 다음에는 언제나 그랬듯이 독한 응징이 따랐기 때문이다.

'저놈의 얼굴이 절대 파래지면 안 되는데….'

아차 싶었다. 뒤늦게 깨달은 내무반에는 적막이 깔렸다. 내무반원들은 모두 고개를 숙였다.

이럴 때 "똥이 무서워 피하냐?"는 말은 무섭든 더럽든 피한 사람의 변명이다. 소대원 가운데 고 병장의 횡포에서 자유로운 사람은 없다. 외부에서 본다면 쪼그만 놈 한 명을 어떻게 못 해 바보처럼 사냐고 물을 것이다. 그에 답해 줄 할 말은 없으나 그렇다고 안 해 본 것은 아니다.

언젠가 고 병장과 한판 붙은 병사가 있었다. 제대로 맞짱 떠서 고 병장의 코를 납작하게 만들어놨었다. 그러나 문제는 다음이었다. 고 병장을 손본 병사가 취침 중에 기습을 받았고, 거의 죽다시피 심하게 맞았다. 그 후로는 이 더러운 놈을 길을 가다 미친개를 보듯 피하기 시작했다. 최대한 부딪히지 말고, 몸 성히 제대하는 것이 현명하다고 생각했다. 영창 몇 번 보내서 해결될 일이 아니었다. 영창을 갔다 와서 보복을 받을 일이 더 두렵기 때문이다.

보복은 실제 당하면 별거 아니다. 그러나 보복의 두려움은 그 크기가 자신이 그려낸 최악의 상황에 부합한다. 그래서 보복이 두려운 거다. 지금 소대원들이 고개를 들지 못하는 이유는 앞으로 펼쳐질 참상에 겁을 먹어서다.

피하고 싶은 순간일수록 시간이 긴 법이다. 오늘은 어떤 방법으로 사람을 잡을까 하는 짧은 기다림이 바로 서 있기를 어렵게 할 만큼 지치게 한다. 고 병장의 입에서 나오는 말은 곧 저승사자의 부름이다. 소대원의 시선이 모이자 고 병장은 거친 숨소리 내며 성질을 죽이는가 싶더니 낮게 깐 목소리로 말한다.

"내 밑으로 박아."

낮은 목소리가 내무반을 우렁차게 울린다. 저승사자 고 병장이 죽어라 말한다. 오늘 밤에는 시멘트 바닥에 머리를 박고 자라는 뜻과 같다. 머리를 박는 시작은 있었으나 끝이 없어서다.

소대원 가운데 왕고참인 이 병장과 민 병장을 빼고 누가 먼저랄 것 없이 침상 위에서 바닥으로 머리를 박는다. 원산폭격이다. 시간이 조금 흐르면 머리로 전신의 피가 모여 터질 것같이 아프다. 머리뼈도 바닥과 붙어 편편하게 바뀌는 것 같고, 그 고통에 눈물이 핑 돌 지경이 된다. 병사들은 거친 호흡과 함께 이마에는 땀방울이 흐른다. 고통이 이쯤 되면 여기저기서 넘어지는 소리가 들린다. 그리고 꼭 한 명이 넘어질 때 옆의 두어 명도 끌고 넘어진다.

졸병들은 이 시간이 지나고 나면 오늘은 별일이 없을 거라는 꿈 같은 기대로 두 다리를 지탱시킨다. 그렇게 참으려 해도 죽을 맛이다.

동찬은 벌벌 떨고 있었다. 그러나 정작 자신은 떨고 있는지도 모른 채 흔들거리는 팔을 잡으려 오른팔로 왼팔을 거머쥔다. 동찬은 자신 때문에 저들이 당하고 있다는 생각에 괴로웠다. 눈을 둘 곳도 없었다. 보이는 것은 눈 아래 펼쳐진 궁둥이뿐이다. 넘어져서 다시 자세를 바로잡는 이들과 눈이라도 맞춘다면 미안하다는 뜻을 전할 텐데, 그것조차 어려운 일이었다. 먹이를 찾아 쏘아보는 눈이 있기 때문이다. 노려보는 고 병장의 눈은 마치 쥐를 잡아 놓고 희롱하는 고양이 눈빛 같았다. 고 병장은 '네가 살고 죽는 것은 순전히 나의 마음대로'이니 자비를 구해보라는 눈빛으로 추궁하고 있었다.

고 병장의 눈빛에 동찬은 커다란 몸을 움츠렸다. 몸이 움츠러들자 마음도 같이 움츠러들어서 작아졌다. 작아진 동찬의 눈에는 고 병장의 덩치가 산만 해져 보였다.

한바탕 소란이 있던 날일수록 밤은 더 고요하다. 골 때리는 신병 한 놈 때문에 소대원 전체가 곤욕을 당했다 하더라도 밤에는 잠을 재운다. 잠자리를 나누어 주는 배려도 해준다. 솜이 이곳저곳으로 뭉쳐져서 펼치기조차 힘든 매트리스는 신병에게 양보하고, 너무 낡아 서로 주인 되기를 꺼렸던 모포 석 장을 주며 있는 생색은 다 부린다. 마치 나눔에 익숙한 듯 허세 부리는 부자놀이에 심취했다. 취침 대열 맨 끝으로 자리를 정해 주는 것에도, 비 쏟아지는 밤 나그네에게 처마를 내주며 빗방울 조금 맞더라도 편히 쉬라는 집주인의 인심 같다.

어수선함이 가라앉을 무렵, 소대원들이 한 명 두 명 취침에 들어가기 시작했다. 동찬도 구석 자리로 가 몸을 누이려고 했을 때, 눈에 띄는 것이 있었다. 바로 이 주머니였다. 내복 겨드랑이에 제 살처럼 붙어 있는 이 주머니와 사타구니에 또 하나의 불알 같은 이 주머니가 서로 달랑거리고 있었다. 이가 많다는 느낌에 몸이 근지러웠다.

동찬은 첫날 그렇게 신방의 금침인 듯 깔아준 자리에 몸을 눕히

고 잠을 청했다. 어슴푸레한 취침용 조명으로 바뀐 지 한참이 지나 내무반 안은 코 고는 소리가 밤 공기를 울린다. 잘게 끊어가며 고는 소리, 길게 늘어지는 소리를 자장가 삼아 얼핏 잠이 들 무렵이었다. 식기당번 한 명이 작은 목소리로 가락을 살며시 흔들어 깨웠다.

눈을 뜨자 낮은 목소리로 소곤거리듯 말했다.

"일어나 옷 입어."

동찬은 불평 없이 일어나 주섬주섬 바지와 상의를 입었다. 그가 야전잠바를 입으려고 하자, "그건 입지 마! 잠깐이면 돼."라고 말하며 동찬을 기다렸다. 잠결에 일어나 이 밤중에 왜 부를까를 생각하며 옷을 입으니 행동이 굼떴다. 성질 급한 사람이 아니더라도 군대라는 곳에서는 충분히 화를 냈을 만한데, 동찬을 깨운 병사는 진득하게 참아주고 있었다. 그가 꾸물꾸물 워커 줄을 매고 일어서자, 병사는 자신을 따라오라고 말하며 앞서 나갔다.

외등 하나 없어 깜깜한 화장실 뒤편에 내무반 졸병들이 모두 나와 동찬을 기다리고 있었다. 신병 환영회라고 하기엔 분위기가 살벌했다. 그들이 서 있는 자세에는 부드러움이 없고, 심지어 짝 다리를 짚고 있었다. 물론 신병 환영회를 해달라는 뜻은 아니었지만, 불길한 느낌이 머릿속을 가득 채웠다.

쓰레기는 쓰레기가 버려지는 곳에 버려지듯 대개 나쁜 일은 지저분하고 은밀한 곳에서 일어난다. 길거리에서 담배꽁초를 어디에 버릴까 하고 망설이다 버려진 담배꽁초가 보이면 서슴지 않고 버리게 되는 것처럼 말이다. 양심까지 함께 버려서 냄새도 난다. 그래서 썩은 곳이 더 썩는다. 썩어 지저분하고 냄새가 나는 곳에는 파리까지 꼬인다. 사람들은 지저분한 곳을 멀리한다. 그래서 은밀하다. 그런 은밀한 곳에서는 늘 은밀한 일이 벌어지곤 한다.

식기당번들의 신병 교육이 시작되었다. 동찬이 나이 든 신병이라 행여 내무반 생활을 등한시할 수도 있을 거라는 우려의 싹을 자르려 하는 것이다. 그런 일을 하려 하니 말이 곱지 않았다. 구 일병이 동찬을 툭툭 치며 말을 걸었다.

"너!"

군대에서는 관등 성명이라는 것이 있다. 상급자가 지명하거나 지적을 하면, 대답 대신 계급과 이름을 대는 것이다. 관등 성명에는 니가 나에게 하고 싶은 말을 나는 알아듣고 있다는 그런 뜻이 포함되어 있을 것이다. 구 일병의 물음에 동찬은 관등 성명을 댔다.

"예, 이병 기동찬."

김 상병이 나직이 말했다. 신병을 어느 정도 다루어야 하는지 수위를 조정해 나가는 것이다.

"목소리 좀 보세요. 이분께서는 얼굴에 맛이 갈 만큼 정력까지 다 쓴 다음 군대에 오셨군요. 아무쪼록 이 분이 군대 생활을 잘할 수 있도록 군기를 확실하게 심어 드리세요."

김 상병의 부드러운 음성 속에 오늘 밤 넌 우리에게 죽지 않을 만큼 맞게 될 것이라는 무시무시한 의미가 내포되어 있었다. 그렇게 내무반 졸병들의 임무가 거행되었다.

동찬의 눈에 아무것도 보이지 않을 정도로 밝은 불이 번쩍 났다. 턱이 심하게 흔들리고 토할 만큼 배가 뒤틀렸다. 동찬이 몸을 웅크리자 등이 도끼에 찍히는 것 같다. 바닥에 쓰러지자 옆구리와 허벅다리가 쿵쿵 울린다.

군대 첫날 동찬은 인생에서 가장 긴 하루를 보냈다.

다음 날.

나이가 삼촌뻘인 신병을 막 부려 먹을 수는 없다는 게 고참들의 의견으로 나왔다. 식기당번들은 하늘같은 왕고참들의 되먹지 못한 의견에 따라 어제와 다름없이 밥을 타러 나가게 되었다.

봄이 되면 온다는 신병이 오긴 왔다. 군대의 행복과 불행은 줄을 잘 서야 한다는데 하필이면 늙은 놈이 길고도 긴 줄에서 잘려 왔냐는 거다. 그래서 입이 있는 대로 튀어나와 투덜대며 식기를 씻으러 나갈 수밖에 없었다. 식기반장 김 상병의 입에서 나오는 '씨발' '씨발' 소리에 발을 맞추며 나갔다. 그나마 위안은 '다음 신병이 오면'이라는 기회를 받은 것이었다. 그게 언제가 될지는 아무도 알 수 없었지만….

동찬은 내무반 복도에서 비질을 하고 있었다. 그의 얼굴은 엉망진창이 되어 눈도 제대로 못 뜨는 상태였다. 졸병이 해야 하는 설거지에서 열외가 되어 고참으로부터 인간적인 대우를 받아 고맙기는 하나 다른 졸병들의 눈치를 보지 않을 수가 없었다. 나이 먹어 군에 온 것이 자랑은 아니었다. 어젯밤에 맞은 흔적이 가시지 않아서이기도 하다. 그리고 특별대우라는 것은 부담스럽다는 게 가장 큰 이유였다. 동찬은 신병이라 한 며칠 내무반 정리라는 배려를 받았다. 그 덕에 훈련장에 나가지 않고 군대생활 하루를 보내게 되었다. 그는 텅 빈 내무반에 홀로 앉아 창으로 들어오는 햇빛을 재고 있었다. 오전의 햇빛은 훈련 나가는 소대원들의 등 왼쪽에서 들어왔었다. 그 빛을 마주 보며 훈련을 나가는 소대원들의 등 뒤로 '수고하십시오'라는 소리를 질러낸 것은 한참 전이었다.

심심하다. 아직 지끈거리는 머리도 흔들어 본다. 손이 등에 자주 가고 뒤로 돌리는 동작이 중간중간 멈추는 것을 보면, 맞은 후유증이 그대로 남은 것 같다. 조심스럽게 몸을 풀어 본다.

이제 내무반으로 들어오는 햇빛이 오른쪽이다. 빛이 지나는 시간을 따라 방향을 서서히 옮겨 아침과 반대 방향으로 바뀐다. 동찬은 아침에 청소한 내무반을 다시 쓸고 닦는다. 심심하기도 하고, 너 종일 뭐 했냐 질책을 당하는 것이 걱정되어서다. 청소하며 몸을 푸니 쑤시던 불편함이 조금은 가벼워진다. 청소하기를 잘했다는 스스로의 만족에 뿌듯하다.

복도에서 웅성웅성 소리가 들렸다. 막 일과를 마친 내무반원들이 돌아오는 소리였다. 동찬은 대원들이 들어오는 데 거치적거리지 않도록 매트리스가 쌓인 안쪽에 서서 경례를 했다.

"백골! 수고하셨습니다."

가장 먼저 내무반으로 들어선 사람은 고 병장이었다. 이어 김 상병이 들어오고, 이 병장과 민 병장이 들어왔다. '어! 이상하다?' 어떻게 김 상병이 왕 고참 이 병장보다 앞에 들어오는 것인지 의아했다.

고 병장은 내무반으로 들어오자마자 M1 소총을 어깨너머로 던져 버렸다. 동찬은 깜짝 놀랐다. '군인이 총을 저렇게 해도 되나?' 걱정도 잠시, 쓸데없는 걱정이었다. 식기반장 김 상병이 뒤따라 들어오며 공중에 떠 있는 고 병장의 총을 받아 총대에 고이 모시는 것이었다.

'그렇구나. 김 상병이 먼저 들어온 이유가 이거였구나!'

여기서 끝나지 않았다. 고 병장은 침상에 워커도 벗지 않고 양반다리로 앉은 채로 손을 올려 손가락 두 개를 폈다. 김 상병은 기다렸다는 듯이 재빠르게 달려가 고 병장의 벌린 손가락 사이에 담배를 끼워 넣고 담뱃불을 붙였다.

김 상병의 동작에 군더더기가 하나도 없었다. 얼마나 저 짓을 했으면 동작이 저리 매끄러울까 하는 생각이 들었다. 종노릇도 저토록 충성스러운지 측은하기도 했다. 그러나 그게 다가 아니다. 김 상병이 고 병장 옆에 다소곳이 앉아 양 손바닥을 펴고 있는 것이다. 담뱃재를 받으려는 것이었다. 고 병장은 김 상병이 벌린 손에 재를 털었다. 다행히도 담뱃재를 터는 고 병장의 손길이 과격하지는 않았다. 손이 데일까 봐 조심해주는 배려는 있는 것 같았다.

고 병장이 너무 맛있게 담배를 피우고 있었다. 고 병장은 내무반에서 단 한 명이 피울 수 있다는 즐거움을 맘껏 누렸다. 그렇게 길게 한 모금 빨고 다시 재를 턴다. 김 상병의 그런 비굴한 행동을 보니 순간 화가 치밀었다. 덩치도 김 상병이 크고, 생긴 것도 누구에게 딸리지 않는다. 그런데 어떤 무엇이 고 병장의 횡포를 가만히 두는 것일까란 의구심이 마구 들었다. 또 이렇게 처참한 사태를 묵과하는 소대원들도 미웠다.

다만 한 가지, 참 불가사의한 일은 그렇게 시중드는 김 상병의 얼굴이 너무나 평화스럽다는 것이다. 군대에서 제멋대로 던지는 총이나 받아들고, 남의 재떨이 노릇이나 하고 있다고 생각하면 절대 고분고분할 수 없다. 물론 하면서도 죽을 맛일 것이다. 그러나 김 상병은 고 병장에게 하는 작은 봉사 몇 가지가 소대원들의 평화를 담보하고 있다는 데 만족하는 얼굴이었다.

아무리 독한 놈이라도 네가 최고라고 인정해 줄 때는 약하다. 아무리 독한 놈이라 해도 자기를 위해주는 데는 그만한 보상을 하게 되어 있기 때문이다. 그 보상이 평화이며, 그들 사이에 주고받는 거래의 또 다른 모습인 것 같았다. 김 상병은 그렇게 살신성인하고 있었다.

담배 연기를 길게 내뿜으며 만족해하는 고 병장 눈에 동찬이 띄었다. 구석에 앉아있던 동찬은 내무반 청소를 깨끗이 다 하고 잠시 쉬는 중이었다.

고 병장이 눈을 가늘게 찢으며 이죽거린다.

"아이구, 군대 좋아졌네. 내가 쫄병 땐 침상에 궁둥이 붙이는 게 소원이었는데."

그러더니 피우던 담배를 내무반 바닥에 패대기치고는 담배를 발로 비벼 으깼다. 순식간에 깨끗했던 바닥이 지저분해졌다. 그래 놓고 뭐 대단한 건수를 잡은 듯 난리를 치기 시작했다.

"청소를 이따위로 해놓고 어디서 신선놀음이야."

동찬은 총알같이 달려가 으깨진 담배꽁초를 쓸었다. 자칫 더디 달려가면 성질보다 입이 더 더러운 고 병장에게 심장까지 써늘해지는 욕을 먹게 될까 두렵기도 하고, 어렵게나마 평화를 찾은 내무반에 불똥이 튈지 몰라서다. 김 상병의 몸 바치는 눈물겨운 노력이 헛되지 않게 하려는 것이기도 했다.

하나의 재도 남기지 않기 위해 열심히 비질을 하고 있는데 또 옆에서 쓰레기통이 뒤집혔다. 고 병장이 제자리에 잘 정돈되어 있는 쓰레기통을 걷어차 버린 것이다. 동찬은 다시 재빠르게 달려가 흩어진 쓰레기를 주워담았다. 쓰레기통 주위의 정리를 마치고 자리로 돌아가자, 고 병장이 씩 웃고는 반대 방향으로 건빵 한 알을 퉁긴다. 동찬이 주어 온다. 다시 반대 방향으로 또 퉁긴다. 동찬이 주어 온다. 소대원들은 고 병장을 등지고 있었다. 보기에는 훈련을 마치고 관물을 정리하기에 무척 바쁜 것으로 보이나 그건 아니다. 몇몇 병사들은 동찬을 동정 어린 눈으로 보긴 했었다.

나머지 대원들은 일과를 마치고 미뤄두었던 일들을 하는 중이었다. 반쯤 풀어진 전투복 단추 달기에 코를 빠트리는 병사도 있다. 그럼 "내 것도"라면서 내미는 고참 것이 더 많다. 그렇게 하고 나면 할 일 없는 고참들은 장기를 두고, 군대생활이 반 이상 남은 대원들은 편지를 쓰거나 읽은 편지를 또 읽는 시간으로 보낸다.

내무반 상석에 앉은 이 병장의 얼굴이 심각했다. 거의 울음이 터질 것 같은 눈으로 편지를 읽고 있었다. 글을 몰라 이장이 대필한 거친 글씨에 환갑이 넘으신 홀어머니의 마음이 쓰여 있었다.

"상진아 니가 제대할 때까지 이 에미가 고생할까 봐 논밭을 팔라는 뜻은 알겠다마는…."

이 병장에게는 어머니의 목소리가 들리는 듯하다. 충북 영동 산골 마을 고향 집이 눈앞에 펼쳐졌다. 마당 한편에 빨간 감이 주렁주렁 달린 감나무가 서 있다. 입대 영장을 받고 집을 떠나는 이 병장에게 손을 흔들어 주던 늙으신 어머니가 말씀하신다.

"니 애비의 몸과 같은 논밭을 팔 수는 없다. 다만, 소 한 마리만 있으면 수월할 낀데…."

이 병장은 편지를 내리며 한숨을 푹 내쉰다.

쉽지 않은 결정

강 건너 민가 굴뚝에서 하늘로 곧게 오르던 연기가 아직 새싹이 돋지 않은 겨울 냉이를 아낙들이 호미로 캐내던 논밭에 내려앉자, 십리나 멀게 보이는 전등불이 별을 대신하려 하고 있다.

부대 담벼락에 개나리의 노란빛이 어둠에 묻혔다. 어둠에 덮인 부대는 삭막하다. 흔한 강아지 한 마리 다니지 않는다. 쓸쓸함을 그대로 안은 채 하루를 마감하는 저녁 점호시간이다. 오늘도 예외 없이 쥐 잡듯 점호준비를 시키는 고 병장의 서슬이 퍼렇다.

"지적 하나라도 당하면 너희들 각오해."

고참들은 느긋하고 졸병들은 서둔다. 내무반원들이 막 점호준비를 마치고 침상 삼선에 정렬하자 밖으로부터 소리가 길게 들린다.

"중대 일석점호. 점호는 일 소대부터!"

분대장은 복장을 단정히 하며 보고위치에 선다.

"자 점호준비. 소대 차렷."

때맞춰 선임하사가 들어온다. 분대장이 일석점호 보고를 한다.

"소대원 27명 이상 없습니다."

선임하사가 간단하게 보고를 받은 뒤 내무반원들의 얼굴을 둘러보며 한 가지 소식을 전했다.

"쉬어. 전할 말이 있다. 우리 중대에서도 5명이 월남에 가야 한다. 지원하고 싶은 자 없나?"

오늘 중대 일직사관이 병사들에게 전해야 하는 전언이다. 작은 소란이 인다. 그간 내무반 분위기와 다른 것으로 보아 평소 관심은 가졌던 것 같다.

"나는 지원했다. 잘 생각해 보고 결정하도록."

선임하사는 먼저 자신은 이미 신청을 했다고 말했다. 자기가 파월복무를 신청한 것은 군인이 군인답게 전투에 참가한다는 것을 당연한 임무라고 한 말은 신청자가 많도록 바람을 잡는 말이기도 하다. 잠시 소란이 가라앉자, 동찬이 손을 들고 말했다.

"제가 지원하겠습니다."

선임하사는 신청자가 한 명뿐이라는 데 약간은 실망스러우나 내색하지 않고, 더 많은 신청자를 받기 위해 공을 들인다. 바로 신청자를 칭찬하는 일이다.

"신병이 용기가 가상하다. 또 없나?"

이 병장도 손을 들었다.

"저도 지원합니다."

"글쎄, 너는 제대 말년이잖아. 노모도 계시고."

선임하사가 잠시 망설이다가 운을 뗐다.

"네가 가겠다는 월남은 전쟁터란 말이다. 언제 어디서 총탄이 날아올지 모르며, 베트콩들이 부비트랩을 쫙 깔아놓아 아무 데도 안전을 보장받을 곳이 없다. 네가 만약 다친다면 홀어머니가 얼마나 슬프시겠냐? 내가 입방정을 떤다거나 겁을 주려는 것이 아니다만, 신청하는 게 옳은지 다시 생각해 보기 바란다."

선임하사가 한 번에 결정을 내리지 못하고 있었다. 그러던 중에 놀라운 일이 벌어졌다. 바로 고 병장이 나선 것이다.

"저도 갑니다."

동찬이 깜짝 놀라 커진 눈으로 고 병장 쪽으로 얼굴을 돌리자, 고 병장이 놀라는 동찬을 보며 피식 웃는다. 너만 용기 있는 것이 아니라는 거다. 선임하사가 동찬과 고 병장의 얼굴을 번갈아 가며 둘러보는 사이, 내무반 안은 환호성으로 크게 울렸다. 소대 졸병들이 외치는 환호성이었다.

"와!"

"아자 아자!!"

"이야!"

소대 졸병들의 기쁨은 가히 하늘을 찌를 듯했다. 악마 같은 놈이 소대를 떠난다니, 그것도 제 발로 떠나겠다니 그야말로 감동이었다. 졸병들은 눈물이 날 정도로 떠나겠다는 고 병장이 갑자기 예뻐 보였다. 너무 기쁜 나머지 죽이고 싶을 정도로 미운 저놈이 월남에 도착 즉시 제발 총 맞아 죽으라는 저주는 참기로 했다. 고생 끝에 낙이 온다더니 그 말이 참말이구나, 저놈만 없다면 말뚝 박겠다 했었다. 그래 놓고는 후환이 두려운지 살며시 고 병장의 눈치를 살폈다.

고 병장의 태도는 의외였다. 월남을 가겠다고 하자 졸병들이 환호성을 질러댔으면 한마디로 떠나라는 말인데, 고 병장은 그런 졸병들에게 화를 내지도 않고 욕 한마디도 없었다. 달리 어떤 거친 행동이 나타나지 않으니 참으로 별일 중 별일이었다. 워낙 고약한 인간인 만큼 조용하다 해서 언뜻 받아들이기에는 뒷일이 불안하긴 했다. 내무반 졸병들은 고 병장이 많이 아픈 모양이라고 수군거렸다. 고생 끝에 낙이 온다고 어떻게 이런 일이 일어나는지 놀라 자기 볼을 꼬집어보기까지 한다. 고 병장이 아프든 말든 탁월한 그의 선택이 너무 고맙다. 악마 고 병장이 제 발로 소대를 떠난다 한다. 다시 되씹어 봐도 너무 좋기만 했다. 그들과 달리 동찬은 난감했다. 반쯤 얼이 나간 표정으로 한숨을 푹푹 쉬고 있었다.

'월남에서도 저 인간과?'

생각만 해도 너무 끔찍했다.

병사 몇 명이 동찬에게 위로를 건넸다.

"너무 걱정 마. 월남에 가더라도 저 인간과 같은 소대겠냐?"

"설마 그렇게 재수가 없을라구."

동찬은 다른 졸병들이 위로해준 말을 인정하고 싶었다. 그렇게 재수가 없을 것이란 생각은 꿈에서라도 있어선 안 될 일이었다. 동찬의 더욱 속이 터지는 것은 고 병장이 무슨 꿍꿍이 있어서 저렇게 느긋한 것인지 모르겠다는 것이다. 고 병장은 소대원들의 반응이 자기와는 전혀 관계없다는 듯 기지개를 켜면서 자리에 벌렁 드러누워있었다.

* * *

〈오음리 훈련장〉

펼쳐진 능선을 건너 아지랑이가 아롱거린다. 한 뼘이 넘을 정도로 자란 풀들이 가득한 밭둑을 넘으면, 곧 누렇게 익을 보리가 지나는 바람에 가볍게 흔들린다. 바람 따라 보리가 익어가며 내뿜는 냄새는 시장기가 돋을 만치 구수하다.

그 보리밭 상공에서 종달새가 시끄럽게 운다. 종달새가 저리 시끄럽게 울고 있는 것을 보면 보리밭 어딘가에 숨어 있을 새끼들에게 조심하라 하는 것일 게다. 사람들이 있으니까.

능선 하나하나마다 제법 널찍하게 터를 잡은 곳이 오음리 야외 훈련장이다. 그중 한 훈련장에백여 명 정도 훈련병이 정렬해 앉아 있다. 고 병장, 이 병장, 허 병장 등이 대열에 섞여 있는 가운데 선임하사는 다른 하사관들과 뒤에 서 있다. 그 속에 동찬은 속해있지 않았다. 훈련병들과 마주 보고 서 있는 교관이 지휘봉으로 챠트를 짚어가며 설명에 설명을 거듭하고 있는 열의만큼 훈련병들의 진지한 모습은 어딘지 부족해 보인다. 오뉴월 나른하게 하는 날씨 때문인가?

교관이 침을 튀겨가며 하는 설명이 진지하다. 그들이 그렇게 열심히 하는 이유는 장병들의 목숨이 걸려 있어서다. 기후를 비롯하여 모든 것이 다른 이국땅에서 전우들이 무사히 임무를 마치고 돌아올 수 있도록 하자면 생존훈련은 당연한 것이다.

훈련장에 트럭이 도착했다. 점심시간이 된 것이다. 트럭에서 밥통과 국통이 내려지는데 키가 큰 동찬이 내리고 있어서 그런지 커다란 국통이 마치 도시락 같아 보였다. 이어 훈련병들이 배식을 받기 시작했다. 동찬의 얼굴을 아는 동료들의 국그릇에는 담긴 내용물은 다른 병사들에 비해 넉넉한 듯하다.

이 병장은 동찬을 보고 놀라 묻는다.

"야. 기똥차! 니가 어떻게 취사반에 있어?"

어제저녁의 일이었다.

저녁을 먹고, 일과를 마친 병사들이 휴식을 취할 시간에 내무반으로 낯선 방문자들이 찾아왔다. 보기 힘든 민간인이었다.

"우리는 귀국한 지 얼마 안 된 파월 선배다."

그들은 자신들을 파월 전역자라고 소개하고, 베트남에 대한 몇 가지 정보를 알려 주었다.

"월남에서는 물이 귀하다. 물이 있어도 베트콩들이 물에 독약을 풀어 목이 탄다 해서 막 먹으면 큰일 난다. 안심하고 물을 마시려면 이게 필요하다. 은반지다. 작전 중 물속에 반지 낀 손가락을 넣어 반지 색깔이 그대로라면 그 물은 마셔도 된다. 미리 준비하고 월남으로 가면 분명히 살아 돌아올 수 있을 것이다."

훈련병들이 겁을 먹고 반지를 사야 한다 말아야 한다 소란한 가운데, 훈련장 취사반장이 취사보조원을 뽑으러 왔다. 취사반장은 자기가 인사계나 되는 듯 위세가 당당했다.

"자대에서 취사반에 있었거나, 요리사 경력이 있는 놈. 나와! 월남 갈 때까지 취사반 일을 도우면 훈련은 빠진다."

훈련병 중 한 명이 손을 들었다.

"저요. 종로 한일관에서 한식 요리사였습니다."

저녁점호를 마치고 고 병장이 동찬을 데리고 취사반으로 찾아갔다. 일을 마친 취사반에서는 마침 한잔하려고 하던 중이었다. 고 병장은 취사반장에게 가 말했다.

"내 새끼를 조수로 쓰지 않겠다면 너는 내일 아침에 숨을 쉬고 있지 못할 거야. 알아들었냐? 이 씹쌔끼야."

이 말을 듣고 가만히 있을 취사반장이 아니었다. 보통 취사반장이라고 하면, 군대에서 힘 좀 쓰고 한 성질 하는 놈, 남한산성에서 잔뼈를 굵게 한 사고병 출신 중에서도 왕 꼴통일 경우가 많다. 한마디로 통제 불가능한 놈이라는 뜻이다. 열 받은 취사반장은 밥 푸는 삽을 들고 고 병장 앞으로 가 맞받아쳤다.

"이런 씹새끼. 좆만 한 놈이 어디 와서…."

고 병장의 등치가 취사반장의 눈에 좆만 한 놈으로 보이니 좆만하다는 말이 틀린 것은 없다. 취사반 조수가 반장의 팔을 가만히 잡고 귀에다 속삭였다.

"반장님 잠깐, 저 새끼들 조폭 같습니다."

취사반장이 삽자루로 내려치려던 동작을 멈추고 동친을 힐끗 쳐다본다. 그를 보니 삽자루가 자연스럽게 내려진다. 장승같은 키에 시커먼 구레나룻, 어깨가 떡 벌어진 놈을 종 부리듯 하는 작은 놈이 두목급인 모양이다.

'경호원까지 달고 군대에 온 놈이라면….'

* * *

풀숲을 살피는 첨병 앞에 통나무가 길을 가로막고 있다. 첨병이 잠시 주위를 살피더니 통나무를 뛰어넘는다. 그 순간 첨병이 아래로 푹 꺼진다. 통나무 밑에 설치된 함정을 보지 못한 것이었다. 함정에 빠진 첨병은 '악' 소리 한 번 내보지 못하고, 바닥에 꽂혀있는 무수한 대창이 허벅지와 복부를 뚫고 솟아오른다.

영사기가 돌아가는 실내 교육장. 미군들이 수색 도중 부비트랩에 피해를 당하는 장면들이 재생되었다. 입맛이 쓰다. 기분도 더럽다.

“베트콩들이 자신들의 근거지인 정글을 적들에게 호락호락 내어줄 리는 없다. 장비와 물자가 부족한 그들이 화력이 막강한 적과 정면으로 싸우기보다는 지형지물을 이용하여 손상을 입히는 전술을 쓴다. 때문에 부비트랩(위장 폭탄)을 각별히 조심해야 한다.”

훈련병들이 몸을 꼼지락거렸다. 자신이 대나무 꼬챙이 찔린 것같이 솜털이 일어나서다. 얼마나 신경질이 나는지 보여주려는 것 같다. 자신들을 위한 교육을 하고 있다는 것을 알면서도 이 딴 것을 왜 보여 주냐며 투정을 부리기도 한다. 교관은 한술 더 떠 추가 설명을 시작했다.

“멍청하게 행동하면 이렇게 부비트랩에 걸린다. 한눈팔다 발목이라도 잘리면 죽는 것만 못하다. 부비트랩에 걸려 죽는 바보들은 영창에 갈 뿐 아니라 국립묘지에도 못 간다.”

정떨어지는 소리를 골라서 한다. 그만큼 부비트랩 교육은 중요한 과정인 것이다. 그렇게 교관은 ‘주의’를 강조하려 별별 얘기를 다 한 후, 오후에 야외에서 수색훈련을 한다는 것을 끝으로 영상은 멈췄다.

월남 정글과 비슷하게 꾸며 놓은 수색훈련장으로 이동했다. 고 병장, 이 병장, 허 병장, 김 상병이 교육을 받고 있다.

두 명씩 팀이 되어 부비트랩이 설치되어 있는 장소를 무사히 통과하는 훈련이다. 부비트랩을 설치해둔 장애물이나 함정을 피해 흙탕물을 뒤집어쓰지 않고 돌아오면 된다. 그런데 고 병장이 전방에 위장되어 있는 함정을 발견하고, 앞서 가는 허 병장을 불러댔다.

"야, 띨띨아. 나 좀 봐."

허 병장은 쉽게 돌아보지 않고 오히려 혼을 낸다.

"훈련 중에 장난하지 마세요."

허 병장이 쉽게 걸려들지 않으니 고 병장은 말에 정을 가득 담아 애틋하게 말한다.

"얌마. 기똥찬이 꼬불쳐 온 거야. 안 먹을래?"

먹을 거라고 하자 허 병장은 조금 솔깃해졌다. 물론 동찬이 가져왔다기에 관심이 간 것이지, 고 병장이 자신을 위해 먹을 것을 준비했다면 바로 무시해버렸을 거다. 어찌 되었든 허 병장이 고개를 돌렸고, 순간 방심한 사이 함정에 빠져 흙탕물을 뒤집어쓰고 말았다. 온몸이 흙탕물에 젖어 생쥐 꼴이 따로 없었다.

"이씨."

그래 봤자 이미 늦었다. 만약 실전에서 함정에 빠졌다면 허 병장은 죽은 목숨이나 마찬가지다. 이를 본 교관이 가만히 있을 리가 없었다.

"한심한 놈들. 월남에서 싸워보지도 못하고 죽을 거야? 목숨이 너희들 거라고 맘대로 죽어도 되는 줄 알아. 쪼그려 뛰기 50회.

실시."

허 병장은 억울했다. 자신이 잘못해서 얼차려를 받는다면 덜 억울할 텐데, 진짜 잘못한 고 병장은 기합도 받지 않고 오히려 놀리고 있으니 약도 올랐다. 마지못해 쪼그려 뛰기를 하기 시작했다. 물론 제대로 할 리가 없었다. 어그적 거리며 개구리 뛰듯 못하고 어설프게 하자 고 병장이 교관에게 이른다.

"쟤. 제대로 안 한대요."

교관이 얄밉게 구는 고 병장에게 지시했다.

"너도 50회."

고 병장도 허 병장과 같이 쪼그려 뛰는 신세가 됐다.

"여섯 일곱 여덟…."

허 병장은 고 병장의 뒤통수를 원망스러운 눈길로 바라본다.

* * *

동굴 앞에서 교관이 훈련병들에게 이야기를 들려주고 있다. 마치 훈화 말씀이라도 하듯 집중된 분위기에서 이야기가 계속됐다.

"VC라 불리는 베트콩들의 출몰로 인한 동굴 탐색 이야기 하나를 들려주겠다. 해병대 1개 소대가 바위가 많은 지역을 탐색 중이었다. 그 근방에서 VC들이 목격되었다는 첩보를 받고, 확인 섬멸을 하라는 작전을 수행 중이었지. 날아다니는 새나 접근이 가능할

오음리에서 파월적응훈련 받는 장병들

것같이 보이는 비탈에 입구가 있었고, 소대원들은 바위산 중턱 큰 바위 아래 위치한 동굴 입구에 닿았다. 입구는 겨우 아이나 들어갈 만한 정도였다. 해병대원들은 동굴 입구에서 VC의 흔적을 발견했고, 동굴 안에서 예기치 못할 공격에 대비해 수류탄을 뽑아 동굴 안으로 던졌다.

큰 폭발음이 일어났다. 그리고 긴 공명음이 한참이나 지속되었다. 예사롭지 않았지. 폭발음이 길게 이어진다는 것은 동굴 안에 보기보다 크고 넓은 공간이 있다는 증거기 때문이다. 잠시 흙먼지가 가라앉기를 기다린 다음, 더 안쪽 동굴로 들어가기 위해 방탄복을 벗었다. 전투지에서 방탄복을 벗는 것은 매우 위험하다. 그러나 동굴 입구가 한국군 덩치로는 들어가기에 너무 좁아서 벗어도 겨우 들어갈까 말까 한 크기였다. 그래서 어쩔 수 없이 벗고 들어가야 했지.

동굴 안은 생각보다 넓고 길었다. 화강석이 갈라진 틈으로 지하

수 방울이 뚝뚝 흘러내려 어디론가 가늘게 흘러가고 있는 가운데 동굴 안에 적이 있었던 확실한 증거도 확보했다.

한국인에게 마늘냄새가 있듯 베트남인들에게도 특유의 체취가 난다. 늑막이라 부르는 조미료를 항시 먹는데, 오래된 멸치젓을 달인 것 같은 냄새가 난다. 병사들은 그 체취가 코끝에 살짝 묻어나자 적이 가까이 있다는 것을 직감했고, 더 주의를 기울여 탐색에 들어갔지.

동굴은 상당히 길었다. 조심스레 탐색을 계속하던 중 밑으로 내려가는 좁은 통로를 발견하게 되었고, 그렇게 계속 적의 흔적을 따라갔다. 그러다 아래로 내려가는 대나무로 엮은 사다리를 발견했지. VC가 있다는 확증을 본 것이니 긴장감이 고조되었다.

그들은 사다리를 타고 내려갔다. 반쯤 내려가자 총탄이 날아오기 시작했고 좁은 동굴 안에서 사격전이 벌어졌다. 해병 수색대는 대나무 사다리를 밧줄 삼아 미끄러져 내려며 총탄이 날아온 방향으로 즉각 응사했고, VC 두 명을 사살할 수 있었다. 그렇게 한고비를 넘긴 해병은 좀 더 안으로 들어갔고, 안으로 들어갈수록 폭이 점점 좁아지는 지형이 드러났다.

좁은 곳에서는 대원끼리 간격을 늘이지 않으면 위험하다. 그래서 지휘자는 수신호로 개인 거리를 유지하라 지시했다. 그런데 바로 그때 수류탄이 굴러들어 왔다. 간격이 채 벌어지지 않은 상태였고, 워낙 좁아서 피할 공간도 없다. 이대로 수류탄이 터진다면 대원 전체가 죽고 마는 절체절명의 순간이었다.

지휘자는 자신 앞으로 굴러오는 수류탄을 보고 어떤 판단을 내렸을까? 그나마 희생을 최소화하는 방법을 선택했다. 지휘관은 '엎드려'라고 외치며 몸으로 수류탄을 덮쳤고, 곧바로 수류탄은 터져버리고 말았다. 지금까지 해병 수색대 이인호 대위 이야기다. 자신이 만약 이인호 대위의 상황이라면, 과연 어떤 선택을 했을 것인지 한번 생각해 보길 바란다. 이상."

이야기를 마치자 숙연한 분위기에 어느 누구하나 먼저 입을 열지 못했다. 그리고 잠시 뒤 동굴 탐색 훈련에 들어갔다. 동굴 수색 훈련이라면 동굴이 있거나, 동굴이 없다면 인위적으로 만들어야 할 것인데 그렇지 않다.

오음리 훈련장 부근은 암석 지역이 없어 그냥 적당한 능선에 인위적으로 동굴을 만들어 놓기는 했다. 훈련장 기관병들이 곡괭이와 삽으로 수작업을 했으니 제대로 땅굴답지 않은 것은 분명하다.

땅굴 훈련장을 팠던 당시 월남 참전 분위기는 특별하게 군인정신이 투철한 몇 명 이외는 가려고 하지 않았다. 그런 사정이니 땅굴을 직접 본 일도 없고 자신들이 월남에 갈 일도 없으니 팠다면 얼마나 땅을 팠겠는가?

그런 이유로 동굴은 눈 가리고 아웅 할 정도 구덩이에 불과하다. 훈련병들에게 동굴 작전개념 정도를 알려 주는 정도라 할까.

동굴 수색 훈련장에 고 병장과 허 병장의 차례다. 동굴 입구에 허 병장과 고 병장이 닿았다. 능선에 구멍을 파고 네모진 뚜껑을 얹어둔 곳에 사람 한 명이 겨우 들어갈 만한 사각형 구멍이다.

둘은 땅굴입구 뚜껑을 열고 서로 들어가라 떠민다. 고 병장이 허 병장에게 말한다.

"네가 들어가. 밖은 내가 지킬 테니까."

허 병장이 받아친다.

"입구가 좁아서 고 병장이 들어가야겠는데요."

입구가 좁다는 말에 고 병장은 뜨끔했다. 허 병장이 완전 바보가 아니라는 생각이 들어 더 뜨끔했다. 그렇다고 고 병장이 구멍 안으로 들어갈 사람은 아니었다.

"내가 머리에 총 맞았냐?"

한국군이 촌락을 에워싸면서 조여 들어간다. 촌락을 점거한 베트콩 대략 7~8명은 농가에 몸을 은신한 채 사격을 하거나 주민을 방패 삼아 쏘는 총이 거칠다.

촌락 정면으로 진격하던 한국군이 순간 사격을 멈춘다. 농가 한 모퉁이에 어린아이가 있어서다. 어린아이가 몸을 웅크리고 있는 뒤편에서 베트콩 두 명이 한국군을 향해 총을 쏘고 있다. 그들은 아이가 있다는 점은 전혀 개의치 않고 사격을 계속한다.

아이를 구하겠다고 신호를 보낸 병사가 아이 쪽으로 내닫자 이를 저지하려는 베트콩의 총탄이 빗발친다. 엄호하는 병사들의 총탄이 정확히 파고들자 베트콩들은 몸을 피해 장소를 옮긴다.

아이를 구출 하는 한국군

아이 뒤쪽에서의 베트콩의 사격이 잠시 멈추는 사이 뛰어들어가던 한국군은 아이를 껴안아 낮은 쪽으로 몸을 구른 다음 아이에게 이상이 있는지를 살핀다. 아이는 무사하다.

무사하다는 신호를 받은 한국군 중앙 공격이 재개된다.

베트남 노인들과 반가운 인사를 나누는 한국군. 서로는 말은 통하지 않으나 해야 할 말을 나누고 있다. 노인들이 웃음 띤 얼굴로 거듭하는 인사로 말한다. 그렇게 고맙다는 뜻을 행동으로 말한다.

한국군도 주민들이 알아듣지 못해도 말로 위로한다. 놀라게 해서 미안하다. 본의 아니더라도 전투로 인해 피해를 주게 된 것은 미안하다. 우리가 해 줄 일이 있는지도 묻는다. 촌락 주민들과 한국군의 의사전달은 서로 하는 말로는 뜻이 통하지 않아도 서로 간의 웃음 띤 얼굴만으로 충분한 것 같다.

아이도 자기를 구해준 한국군의 병사 얼굴을 보며 살며시 웃는다. 한국군도 흰 이를 드러내고 마주 보며 웃어준다.

촌락 교전 필름 상영을 마치자 훈련병들이 동시에 내뱉은 긴 숨소리가 들린다. 전투가 장난이 아니라는 뜻이다. 군인은 총을 쏴야 하고 총을 쏘면 사람이 죽는다. 자신들도 곧 전쟁터로 나가는 군인이라 남의 일 같지가 않았다.

'적도 사람인데 사람을 향해 총을 쏠 수 있을까?'

'내가 총을 쏘면 자유와 평화를 지킬 수 있을까?'

여러 가지 문제로 머리가 혼란스럽다. 한숨이 저절로 나온다. 잠시 후 교관이 자신의 의견을 이야기해주었다.

"우리 한국군은 베트남 국민의 자유와 평화를 수호하기 위해 파병된 것이다. 쉽게 말해 어려운 이웃을 돕기 위해서다. 여러분들도 그 임무를 수행하기 위하여 월남으로 가려는 것이다."

교관은 잠시 흥분을 가라앉히고 다음 말을 이어갔다.

"우리나라도 어려울 때 다른 나라 젊은이들의 도움을 받았다. 가서 빚을 갚자."

훈련병들의 흔들리던 마음이 조금 가라앉았다.

자신이 남보다 용감해서 전쟁터로 가겠다고 한 것은 아니었다. 누구보다 싸우는 것에 겁이 나는 사람들이다. 너도나도 소년 시절부터 늘 겁이 많았다. 심지어 시험문제에도 겁을 냈다. 그런 자신이 싸우러 가는 것이다. 그 이유를 한마디 말로 표현하기는 어렵지만 지켜야 할 것이 있어서다. 결과가 어떨지는 몰라도 싸워야 한다는 생각은 더 겁쟁이로 남지 않으려 내린 결정이었다. 도망가지 않고 나를 지키는 것으로부터 가족을 지키고, 이웃과 나라를 지키고, 자유와 평화를 지키려는 일을 하려는 것이다. 잘못된 결정을 하지 않았음이 자랑스럽다. 싸우러 가야 할지를 자신과 싸워 이긴 것이다. 파월 훈련병들은 가슴이 뜨거워졌다. 내가 어려운

이웃을 도울 수 있다는 게, 내가 가진 것을 남에게 줄 수 있다는 게 정말 뿌듯했다.

부자가 별거인가. 나누어 줄 것이 있으면 부자다. 파월 장병들은 그렇게 부자가 되었다. 가서 싸워야 한다는 이유가 하나 더 늘어 기쁘기만 했다. 대부분 장병들이 월남을 가려 하는 솔직한 이유는 가족들이 거르지 않고 하루 세끼 밥을 먹었으면 하고 바라서다. 그렇게 모두 부자가 되어 기쁜 마음이었다.

"가자."

파월 훈련병들도 주먹 쥔 손을 높이 든다. 우렁친 외침이 울려 퍼진다.

"파이팅. 파이팅!"

파월 훈련병들의 의기가 땅과 하늘을 울린다.

* * *

오음리 훈련장 면회실에 세 여자가 찾아왔다. 엄마와 딸아이 둘이다. 선임하사 박 상사의 가족이었다. 면회를 신청하자 박 상사가 아직 부대에서 멀리 떨어진 곳에서 훈련 중이라고 전한다. 부인은 아이들과 대기실로 돌아왔다. 그렇게 한참을 기다리니 초조해지기 시작했다. 훈련병 한 명 한 명이 면회실에 다가올 때마다 아이 아버지가 오는 것 같았다.

'아이 참, 내가 왜 이렇게 속을 끓이고 있담? 뭐, 오늘 중으로 오겠지.'

애써 참아본다.

오음리 면회실은 다른 부대의 면회실과는 조금 다르다. 보통 부대에는 면회실이 부대 안에 있는 것이 대부분이나 오음리 면회실은 훈련부대 본부에서 약간 거리를 둔 곳에 자리하고 있다. 면회실이 마련된 곳도 버스가 지나가는 길목에 위치해 있다. 면회자들의 편의를 생각해서다. 또 일반 부대의 면회실보다는 대기실이 무척 큰 편이다. 면회를 오면 가족단위로 인원이 많이 오기 때문에 넓은 장소가 필요했고, 훈련장들이 떨어져 있어서 기다려야 하는 시간이 좀 걸리기 때문이다.

대기실에는 많은 가족들이 음식을 싸들고 면회를 기다리고 있다. 김밥, 통닭, 불고기, 과일 등 당시에는 흔히 먹을 수 있는 음식이 아니었다. 아마 명절에도 이렇게 차린 푸짐한 상을 본 적이 없을 것이다. 음식에는 전쟁터로 나가는 이들에게 많이 먹고 건강한 몸으로 돌아오라는 가족의 간절한 바람이 담겨있다. 오음리 면회실에서는 누구나 내 가족이 아니더라도 음식을 나누고, 권하는 아름다움이 가득하다.

면회 분위기가 또 다른 것은 아이들이 많이 와 있다는 점이다. 전쟁터로 출전하기 전에 아이를 보고, 아이를 봐서라도 꼭 살아오라는 당부를 건넨다. 아이들은 아빠가 어디를 가야하고 가야 하는 곳에서 무슨 일을 하며 언제 돌아오는지 모른다. 아빠나 삼촌을 만났다는 것만으로도 마냥 좋아한다. 그래서 오음리 면회실은 언제나 소란스럽다.

아직 아들이나 남편을 만나지 못한 가족들은 무리를 지어 면회실 밖에서 기다린다. 조금이라도 더 빨리 보고 싶은 마음에 대기실에서 편히 앉아 있을 수가 없다. 오직 만나겠다는 염원 하나로 그리움을 지우려 산 넘고 물 건너, 오지 중의 오지인 오음리 골짜기까지 온 것이다. 오는 동안 그리움이 너무나 커져서 그냥 자리에 앉아있으면 기다림이 더 거지기만 할 뿐이다. 그렇게 기다림을 키우기보다, 지나가는 바람에 타는 속을 식히기라도 하듯 밖에 나와 기다리는 것이었다.

군용트럭이 지나갈 때마다 흙먼지가 앞을 가린다. 그래 먼지 좀 마시면 어떠냐는 마음으로 다른 가족들처럼 선임하사 부인과 아이들도 박 상사를 기다리고 있었다. 생각보다 훈련이 길어지는 것 같아 부인은 아이들 데리고 나서기로 한다. 아빠가 올 때까지 주변을 둘러보며 저녁에 편히 쉴 곳을 골라 보기 위해서다.

면회실에서 주위를 둘러보니 골짜기마다 부대가 자리 잡고 있었다. 그리고 부대 근처에는 민간인 집들 서너 채가 병풍처럼 세워져 있다. 여관이나 음식점, 심지어 구멍가게 하나 없었다. 눈에 띄는 것은 집집마다 두어 평 크기의 멍석에 밥알을 펼쳐놓고 말리고 있다는 것이다.

'참. 별일이네….'

부인은 지나가는 아이에게 물어보았다.

"저게 무엇이니?"

"예? 아, 군인 아저씨들이 먹다 남은 밥이에요."

"먹다 남은 밥이 저렇게 많아?"

"전쟁터에 가는 분들이라 밥을 많이 줘요."

"저걸 말려서 다시 먹니?"

"에이, 짬밥 통에서 건진 걸 어떻게 먹어요?"

"그럼 말려서 뭐해?"

"술을 담가서 군인 아저씨들에게 팔아요."

"그렇구나…. 그런데 혹시 잘 데가 있을까?"

"우리 집도 손님 받아요. 식사도 돼요."

"그럼 엄마한테 좀 부탁해줄래?"

"예. 가서 물어보고, 되면 손짓해 줄게요."

아이는 천천히 멀어졌다.

오음리 골짝은 또 다른 세상살이가 있는 곳이다. 군인부대와 부대 옆에 자리 잡은 민가들은 무엇을 팔거나 다른 일을 하는 집은 따로 없다. 훈련병들도 부대 옆 민가에서 모든 것을 해결한다. 저녁 인원점검을 마치면 훈련병들이 슬쩍 나와 자기들이 버린 짬밥 막걸리를 한잔하고, 면회 온 사람과 함께 밤을 보낼 수 있을 정도다.

저녁 무렵, 면회실 앞을 트럭이 또 먼지를 일으키고 지나간다. 그때 저 멀리서 바삐 오고 있는 박 상사가 보였다. 부인의 눈가엔 촉촉이 이슬이 맺혔다. 아른거리는 눈앞을 훔치고 가볍게 손짓하자, 선임하사도 부인과 아이들을 알아보고 반갑게 손짓한다. 훈련을 마치고 돌아와서 그런지 박 상사의 옷에는 흙먼지가 잔뜩 묻어 있었다.

사방이 깜깜해졌다. 창문 밖에는 까만 하늘에 별빛이 유난히 반짝거렸다. 방 안에는 이불 한 채와 쟁반에 안겨있는 작은 양은 주전자와 사기로 된 물 컵이 놓여 있고, 바로 옆에는 부인이 살뜰히 싸가지고 온 보따리가 풀어져 있다.

큰딸은 선임하사의 무릎에 앉자 조잘거리고, 작은딸은 군복을 꿰매고 있는 엄마와 아빠 사이를 기어 다닌다. 엉금엉금 무릎으로 기던 작은딸은 아빠 앞에 다가가자 혼자 일어서 두어 걸음 걷는다. 작은 딸이 첫걸음 떼는 것을 아빠에게 보여준다. 엄마가 활짝 웃으며 소란을 펼친다.

"어머! 얘 걷는다."

선임하사도 소리치며 즐거워한다.

"와 우리 막내가 걷네!"

박 상사는 두 아이들을 무릎에 앉히고 끝말잇기를 했다. 아빠노릇에 시간가는 줄을 모르고 있었다. 아이들과 놀아주는 아빠가 되지 못해 늘 미안한 마음을 이렇게라도 달래보려는 것이었다. 또 전쟁터로 떠나기 전에 짧은 시간이나마 아이들에게 다른 아빠처럼 되어 보겠다는 노력이기도 했다. 그러다가 아내에게 시선이 멈췄다. 단추를 꿰매며 근심에 찬 표정으로 앉아 있는 아내. 세상 이치는 다 같은 것 같다. 하늘이 어두워지면 비가 내리듯이 짙은 구름이 하늘 아래에 깔리면 반드시 큰 비가 내린다. 아내의 얼굴에 짙은 구름이 드리워져 있다.

박 상사는 부드러운 음성으로 물었다.

"표정이 왜 그래?"

"내가 뭐요."

아내는 고개도 들지 않은 채 대꾸했다. 박 상사는 아내의 마음을 이미 알고 있었지만, 그래도 물었다.

"입이 십 리나 나왔어. 안 좋아 보여."

아내는 고개를 들어 박 상사에게 그동안 하고 싶었던 말을 쏟아내기 시작했다.

"아직 걷지도 못하는 자식을 두고 남편이 전쟁터로 간다는 데 그럼 내가 웃어요? 춤이라도 춰요?"

목소리가 높아졌다. 선임하사는 무거운 마음으로 천장만 바라볼 뿐이었다. 칙칙한 천장만큼 마음도 칙칙했다. 아내도 말려서 될 일이 아니라는 것을 잘 알지만, 한번 토해 낸 울분을 쉽게 가라앉히기 힘들었다.

“네. 그래요. 당신 말대로 나라가 시골 무지렁이인 당신을 사람 만들어 주고, 가족도 있게 해 준 보답을 해야겠죠. 아무리 그래도….”

울컥 올라온 눈물에 목이 막혀 더 이상 말을 잇지 못했다. 잠시 추스르고 침착한 목소리로 물었다.

“당신, 이 애들을 놔두고 발길이 떨어져요?”

박 상사의 고향은 칠갑산이 있는 청양 부근이다. 6·25 때 부모는 후퇴하는 국군에게 밥을 해주었다는 이유로 인민재판을 받아 돌아가셨다. 졸지에 진짜고아가 되어 친척 집에 얹혀사는 처지가 되었다. 국민학교에 입학하고 몇 년 뒤, 친척 아저씨는 박 상사가 일할 만한 나이가 되자 학교를 그만두게 하였다. 그리고 머슴살이를 시켰다. 말이 머슴살이지 밥만 먹여주는 일꾼이었다. 머슴이라면 새경이 있어야 하는데 친척 아저씨는 장가갈 때 살림 차려주겠다며 공짜로 부려 먹었다. 그렇게 세월을 보내고 청년이 되었다.

그는 꿈도 소박했다. 산비탈에 있는 밭을 일구며 잠시 허리를 펼 때, 신문지에 말아 권련 담배를 한 모금 피울 때 이런 생각을 했다.

‘군대만 마치면 도시에 나가 돈을 벌어야지!’

그런 소박한 꿈을 가진 산골 청년이었다. 왜 도시에 나가려 하느냐는 질문이라면 대답은 간단했다. 삼시 세 때 밥을 먹으려면 공장에 나가야 한다고 생각했기 때문이다. 그랬던 그에게 드디어 영장이 나왔고, 논산 훈련소에 입소하였다.

세상 물정에 어두운 그는 입대 첫날부터 내무반장에게 티미하다고 빵빵이를 자주 받았다. 하지만 꼬박꼬박 세끼 밥을 준다는 이 사실 하나에 큰 감동을 받아서 군대 생활이 하나도 힘들지 않았다. 물론 가만히 있어도 밥을 주는 건 아니었지만, 끼닛거리를 걱정하며 고된 농사일을 하는 것보다는 훈련을 받는 일은 훨씬 쉬웠다. 그렇게 밥을 준다는 딱 한 가지 이유만으로 서슴없이 군대에 말뚝을 박고, 하사관 학교에 들어갔다.

그는 세상의 때가 덜 탔다는 이유만으로 하사관 학교에서 남다른 고생을 했다. 그렇지만 보람이 있었다. 자부심도 생겼다. 하사관 학교. 자신도 학교라는 곳에 다니고 있다는 기쁨은 무엇과도 바꿀 수 없는 것이었다.

그에게 군대를 어떻게 생각하느냐고 물으면, 거침없이 '무조건 좋은 곳'이라고 답한다. 군대에서 보내는 하루하루가 기쁜 나날이었다. 이처럼 고마운 일에 어떻게 보답을 하면 좋을까 생각하며 지내는 동안, 그에게는 '국가에 대한 충성심과 애국심'이 가슴 깊이 새겨졌다. 어떻게 표현하는지는 몰라도 아주 깊게 새겨진 것은 틀림없다.

그는 중사 시절에 아내를 만났다. 박 중사가 전방 부근 탄약고를 경비하는 부대에 잠시 근무를 할 때였다. 시계(視界)를 정리한다는 명목으로 탄약고 주위 산에서 나무를 베어다 근처 민가에서 김치나 밀가루로 자주 바꾸었었다. 거느리고 있는 병사들이 육군 정량을 먹고도 배가 고파 껄떡거리니 수제비를 뜰 밀가루와 양념이 덜 된 막김치를 장작과 물물교환하기 위함이었다. 그렇게 들락거리던 할머니 집에는 막내딸이 있었는데, 그가 바로 지금의 아내다.

그때 박 중사는 자신 있게 말할 수 있는 것이 있었다. 바로 봉급으로 마누라와 자식새끼의 배는 곯지 않게 한다는 것이다. 둘은 기쁜 마음으로 결혼을 했고, 딸 둘을 낳았다. 여자가 합이 셋인 것이다. 얼마 뒤 박 중사는 상사로 진급했고, 낮에는 남자들과 밤에는 여자들과 지내는 똑같은 일상이 박 상사에게는 행복 그 자체였다.

그러던 어느 날 월남 파병이 결정되었고, 그는 파월복무를 지원하면서 아내에게 이렇게 말했다.

"작게는 밥 세끼를 해결해 주고, 가족을 있게 해준 국가에 대한 보답이요, 크게는 애국에 대한 자신의 역할을 볼 때 지금 하는 일은 어딘가 모자라서 가기로 결정했어."

그런 남편의 마음을 부인은 다 헤아리고 있었다. 그래도 원망스러운 것은 어쩔 수가 없었다.

"토끼 같은 자식들을 놔두고 어딜 가겠다는 거야."

월남 가는 길

춘천역 플랫폼에 걸린 시계가 10시를 가리켰다. 동찬은 벌써 기차에 올라 자리에 앉아 있었다. 그리고 아직 정리되지 않은 머릿속을 정리하는 시간을 가졌다. 동찬은 주위에 자기처럼 열차에 올라 차창 밖을 보고 있는 병사들을 보며 '생각을 정리하고 떠나려는 것은 부질없는 짓이다. 시간 낭비다.'라고 말해주고 싶었다. 아무리 정리해봤자 생각만큼 개운해지지 않기 때문이다. 그리고 방금 전 생각한 것도 부질없는 것이라 고개를 저었다. 그런데 옆에 낯익은 인간이 얼굴을 들이밀었다. 바로 고 병장이다. 동찬은 순간 울컥했다.

'하필이면 이 인간이 왜 옆에?'

고 병장은 실실 웃으며 말을 걸었다.

"너 이 새끼. 나 때문에 월남 가지?"

동찬은 살짝 당황했다. 그리고 속으로 생각했다.

'어쭈? 눈치는 있네? 아는 놈이 여기까지 따라 오냐?'

고 병장이 동찬의 생각에 못을 박고 들어온다.

"새꺄. 피할 생각 마. 넌 내가 군대에 있는 동안은 영원한 쫄따구니까. 알겠냐?"

동찬은 순간 진짜 죽이고 싶은 생각이 들었다.

'이 쬐그만 놈을 어떻게 손보지?'

실행하려면 좀 더 구체적 방법이 필요했다. 집어 던지려면 어디를 어떻게 잡고 어떻게 던질까를 머리로 계산하고 있었다. 그 생각도 고 병장에게 읽힌 모양이다. 가만히 있을 고 병장이 아니었다.

"왜 아니꼽냐? 그럼 할머니…."

동찬은 얼른 고 병장의 입을 막아 말을 끊었다. 이 욕은 정말 무섭다. 그래 져주자.

"알았어요."

갑자기 환호성이 들렸다. 병사들이 술렁이기 시작했다. 도대체 어떤 거대한 힘이길래 지금껏 파김치처럼 축 처진 병사들에게 활력을 불어넣어 줬는지 그 정체가 궁금했다.

'베트콩들이 항복해서 전쟁이 끝나기라도 했나?'

고개를 갸우뚱했다.

'우리나라에서 석유가 나왔나?'

그 정도로는 병사들이 저렇게 흥분하지 않는다.

'월남에 안 가도 일 년 치 돈을 주겠다면 그건 말은 되는데….'

동찬은 도대체 무엇 때문인지 의문을 풀지 못하고 있었다. 그사이 건너편 의자에 앉아 있던 병사들까지 모두 일어나 동찬과 고 병장이 앉은 플랫폼 쪽 창문으로 몰려들었다. 그냥 몰려드는 것이 아니라 아예 창문으로 몸을 날리고 있었다. 열차에서 뛰어내리겠다는 것은 아니나 누가 먼저라 할 것 없이 창가 쪽 좋은 자리를 차지하려 작은 실랑이도 불사했다. 자리에 앉아있던 동찬과 고 병장은 영문도 모른 채 병사들에게 둘러싸였다.

'뭘 보려고 저리 야단들일까?'

동찬은 창문에 머리를 박은 병사들을 가여운 눈으로 바라보고 있을 때였다.

"여자다. 여자!"

창문에 붙은 몇몇 병사들이 입을 모아 외쳤다. 병사들의 눈이 커지고 눈빛이 흔들렸다.

"뭐, 여자? 어디 어디."

크게 뜬 눈을 사방으로 빠르게 돌린다. 볼 것이 안 보이니 환장하겠다는 의미다. 여자가 있다고 했는데 여자는 보이지 않았다. 남들이 몰려가니까 덩달아 창문에 매달린 병사들도 사방을 살피느라 정신이 없다. 무심했던 동찬과 고 병장도 여자라는 소리에 귀가 솔깃해졌다.

당시 춘천역 플랫폼

플랫폼 한쪽에 한복의 고운 치맛자락이 바람에 펄럭인다. 어림잡아 100여 명은 되어 보이는 여인의 치맛자락이었다. 병사들이 난리를 피우는 이유가 여기에 있었다.

군대는 숫내 나는 인간들만 모여 있는 곳이다. 그중에는 아직 여자를 알지 못했거나, 알고 있더라도 잊기에 충분한 시간을 보낸 남자들만 가득하다. 이유는 다르지만 하나같이 여자를 그리워한다. 몰랐으면 더 간절히 알고 싶고, 여자를 알면 시간이 지날수록 그리움이 깊어져 더욱 여자 없이 살 수 없다는 것을 뼈저리게 느끼게 되기 때문이다. 병사들은 여자를 찾음으로써 자신이 살아 있음을 확신하고 있었다.

어둠이 짙게 깔린 플랫폼에 고운 한복 물결
진한 회색빛 장막과 뒤섞여 일렁이는 한복은
몇 해가 묵은 것인지 가늠이 안 되고

계절 또한 가늠할 수 없지만
화려한 빛깔만큼은 온 세상을 덮을 기세다.

그녀들의 동그란 어깨선이 억센 손을 기다린다.
짧은 저고리의 살짝살짝 보이는 맨살에
총각들의 눈길이 가고
바짝 조여 가냘픈 허리는
안고 싶은 사내의 본성을 자극한다.
길게 나누어진 치마폭을 양파 까듯 들추면
무엇을 볼 수 있을까 하는 탐욕마저 서린다.

한마디로 군바리 정신이다. 이전에 여자를 알았든 몰랐든 그것은 상관없다. 여자를 보면 잡고 싶고, 잡으면 안고 싶고… 점점 더 욕심을 부리는 게 남자의 본성이다. 병사들은 아름다운 한복 물결에 눈을 떼지 못하고 있었다.

한복을 입은 여성들의 맨 앞에 선, 마치 수장과도 같은 여인이 큰 소리로 지시했다.

"연습 한 번 더 해. 히프를 좌로 흔든다. 실시!"

딱 봐도 여군 장교는 아닌데 군대 말투다.

"그렇지! 좌로 우로 더 크게 돌려 아주아주 섹쉬하게."

모여선 여자들이 명령을 이행하듯 엉덩이를 살랑살랑 흔들었다.

치맛자락이 봄바람에 살랑거리는 수양버들을 닮았다.
살랑살랑 흔들리는 치맛자락에 남자들의 마음도 춤을 춘다.
작은 몸짓의 춤이다. 몸짓으로 말하는 이별이다.
여인의 치맛자락이 파도처럼 물결을 이룬다.
파도가 바위에 부딪쳐 하얀 포말이 되듯
한복 물결에 설렌 마음이 녹아 바람에 흩날린다.
춘천역 플랫폼에 세찬 바람이 분다.

이 장면을 보고 있던, 인솔하는 여성이 만족해하며 다음 명령을 내린다.

"그렇지! 지금부터 오빠들에게 섹쉬하게 간다. 실시!"

여성들은 봄바람에 나부끼는 벚꽃같이 날아서 장병들이 탄 기차로 향한다. 여자들은 열차 창문 두어 개에 한 명씩 나눠어 장병들과 손이 닿는 코앞으로 다가섰다. 장병들은 손끝이라도 닿았으면 하는 심정으로 앞다투어 손을 내밀며 기차 안은 순식간에 시끌벅적해졌다.

장병들의 얼굴에서 입에서 활력이 솟아올라 넘치듯 출렁인다. 남자로 살아 있음을 강력하게 부르짖는다. 이십 년을 은둔한 자라가 목을 내밀고 나온 것 같다. 호랑이의 포효 같은 울음을 운다. 원숭이 동네 대장 원숭이처럼 소리를 지른다. 장병들은 자기가 얼마나 멋진 웃음으로 당신을 맞이하는지를 보여주기라도 하듯 흰 이를 활짝 드러낸다. 여자가 옆으로 지나가자 창문에 허벅다리가 걸릴 만큼 밖으로 달려나간다.

"나 여기 있소!"

목 놓아 부르는 용기가 하늘을 찌를 듯하다.

여자들 손에는 작은 선물이 들려 있었다. 배를 타고 월남 가는 일주일 동안 지루함을 달래줄 주간지 '선데이 서울'과 '주간경향'이다. 장병들은 서로 자기가 받으려 난리 법석이 났다. 전쟁터가 타로 없다. 힘이 좋은 병사만 전리품을 가질 수 있는 창칼 쓰던 옛날의 전쟁이 오늘 이 자리에서 벌어지고 있었다. 이긴 자만이 가질 수 있는 권리가 주어지는 싸움이다. 어떤 병사는 여자를 덮쳐 빼앗아서 얻는다. 또 손이 닿는 병사의 것도 맡겨 놓았다는 듯이 받아낸다. 여기서는 특히 고 병장의 활약이 남달랐다.

여자들은 주간지를 건네고, 잡았던 손을 놓으며 손가락 하나로 장병의 손바닥을 콕 찌른다. 그럼 장병은 정신이 혼미해지고 만다. 거기다가 "오빠 멋져!" "기다릴게!"라고 말해주면, 전쟁터로 나가기도 전에 장병들은 이미 쓰러지고 죽어 나간다.

장병들은 조금이라도 여자의 손을 더 잡고 싶어서 안달이 났다. 손에 부레풀이라도 바른 것처럼 잡은 손이 좀체 떨어지지가 않는다. 아예 떨어지지 않으려 두 손으로 움켜쥔 장병도 있다. 다른 장병이 잡은 손 위로 잡는 손도 있다. '안 되면 되게 하라'는 군대 강령이 바로 이럴 때 쓰는 것이라고 엉뚱한 곳에서 터득한 것이다.

운 좋게 잡은 아가씨의 손은 또 하나의 내 손이라고, 양보는 곧 죽음이라며 놓지 않는다. 손을 잡으면 환호성을 지르고 부르르 몸을 떠는 장병도 있고, 한 번 안겨 달라 생떼를 쓰는 장병도 있다. 세상에 이런 난장판이 없다.

간혹 기차 창문이 고장 나서 열리지 않는 창문도 있었다. 바로 허 병장 쪽 창문이 그랬다. 허 병장은 고장 난 창문에서 벗어나려 몸부림치지만, 그 위로 많은 장병들이 몰려 있어서 벗어날 수가 없었다. 고장 난 창문에 얼굴이 눌려 심하게 일그러져 있었다. 그렇게 밑에 깔려있는 동안 주위에서 넘치도록 돌아다니는 주간지 한 권을 얻지 못했다. 그래서 더 불쌍하다. 아직 유리창에 얼굴을 박고 있는 허 병장이 인솔 여성의 눈에 걸린다. 불쌍해도 너무 불쌍하다.

'그냥 이대로 가면 가슴이 시릴 텐데.'

여성은 빠르게 뛰어가 자기 사진을 열리지 않는 창문에 침을 발라 붙였다. 그녀의 사진이 여자의 얼굴이 허 병장의 구겨진 얼굴에 닿는다.

유리창에 가로막혀 있었지만 허 병장에게는 유리창이 없는 것과 마찬가지였다. 여자가 들이키고 내쉬는 입김이 스치는 지척에 있다. 자기 얼굴과 맞댄 여자가 무엇을 바라는지 말을 해야 아는 것은 아니다. 꼭 말을 들어야 아는 것은 아니다.

허 병장이 눈을 감고 여자의 입술에 입을 데어 본다.

기적이 울어 열차가 움직이기 시작했다. 악수를 하고 있던 장병과 아가씨가 꼭 잡은 손에서 새끼손가락이 떨어지면서 이어 약지가 떨어지고 중지 손가락 끝마디가 미끄러져 나간다. 그렇게 장병과 아가씨의 손가락이 하나씩 떨어지면서 그렇게 전송은 마무리된다.

열차는 달려나가 플랫폼에서 멀어졌다. 기차 안 장병들은 아직 아쉬움이 남았는지 소란스럽다. 내가 만난 아가씨가 더 예쁘다느니 니가 만난 여자의 몸매가 죽였다느니, 너는 지지로도 복이 없다 하며 약도 올린다. 했던 얘기를 또 하고 몇 번이고 이야기해도 즐거움이 가시지 않는다. 장병들의 이야기는 기차만큼 길었다.

고 병장이 주간지의 표지 얼굴에 하나하나 키스를 해가며 유난히 시끄럽게 법석을 떤다.

"야. 한밤에 우리를 전송하는 저 아가씨들 완전 천사다. 살아오면 결혼하자고 할까?"

동찬은 놀라 고 병장에게 아이 가르치듯 타일렀다.

"정신 차려요. 이것 볼래요?"

동찬이 펼친 주간지 안쪽에는 보고 또 보고 수 백 번을 봐도, 찢지 않으면 일 년을 봐도 번치 않도록 굵은 검정 매직으로 글씨가 적혀 있다. 아가씨들의 주소인데 '춘천옥' '홍천옥' '실비 집' '이쁜이네 집' 등 온통 춘천 시내 선술집 이름이었다. 즉, 전송 나온 아가씨들은 대개 춘천에 거주하는 술집 아가씨였다는 것이다.

언제가 고 병장이 말했다.

"사실은 내가 우리 둘째 형 입대 영장을 몰래 들고 나와서 군대

온 거야."

정말 그 말이 사실임을 증명하는 것 같았다. 이건 너무 철이 덜 들어도 한참 덜 들었다.

동찬은 고 병장이 자신 덕분에 철이 들었으면 생각한 것은 아니었다. 하지만 순간 느낀 감동에 결혼하겠다는 것은 말리고 싶었다. 제대로 말리는 것이 고 병장을 제대로 살 수 있게 하는 것이라는 생각에 말을 해야겠다고 판단했다. 아는 사람이 알고 있는 것을 알려주는 것이 의무이니 말에 힘이 들어간다.

"전송을 나와 준 것은 정말 고맙지요. 하지만 진짜 결혼하겠습니까?"

고 병장도 물러서지 않았다. 자기가 느낀 그대로 말했다.

"마. 그게 어때서. 천사가 따로 있냐? 한밤중에 우리를 전송 나온 저 여자들이 진짜 천사지! 천사하고 결혼한다니까 왜? 배 아프냐?"

아가씨들이 늦은 밤에 그것도 이렇게 애틋하고 정성스레 전송을 한 것은 다 그만한 이유가 있어서다. 대부분의 병사들은 여자와 시간을 가져 본 일이 거의 없다. 더구나 전쟁터에서 여자의 따듯한 편지는 그 이상의 선물이 없을 정도다. '무사히' '건강하게'라고 쓰인 글만 보아도 힘이 되기 때문에 최고의 선물인 것은 틀림없다. 바로 그 점을 이용한다는 게 함정이다. 처음에는 안부를 묻는 편지를 몇 번 주고받는다. 나중에는 구구절절한 사연으로 장병들의 눈물을 쏙 빼놓는다.

'동생 학자금이 없어서 학교를 그만두게 되었다.' '한 분뿐인 아버지가 편찮으시다.' 등…. 이들도 아픔이 있어서 전쟁터로 간 것인데, 그런 이들에게 정든 편지의 주인공의 아픈 사연은 남의 일 같지가 않을 수밖에 없다.

아픔은 전쟁터에서 더 큰 아픔으로 커질 뿐 지워지지 않는다. 아픈 사람은 더 정을 탐한다. 그래서 파월장병들은 정이 많다. 정이 많은 병사들은 공무원 봉급 정도밖에 안 되지만, 자신이 목숨 걸고 받은 월급을 편지의 주인에게 부친다. 그렇게 열 명만 엮어 놓으면…? 가끔 어쩌다가 그런 경우도 있었다는 것이다.

어찌 되었든 마음에 바람이 든 장병들이 진정하기까지는 시간이 좀 걸릴 것 같다. 그런 장병들을 태운 열차가 남쪽으로 달린다.

열차는 달리는 것이 제일이다.
산길을 달린다.
넓은 들도 가로질러 달린다.
해변을 끼고 달린다.
어두운 터널도 달린다.
그래서
사람들은 산에 안기고 싶으면 기차를 탄다.
들이 얼마나 넓은지를 알고 싶으면 기차를 탄다.
바다가 깊은 것도 기차를 타서야 알게 된다.

밤을 달리는 기차는

산도 달리고,

넓은 들도 지나 남쪽 바다까지 가려 한다.

오늘 밤 기차에 주어진 일이다.

전쟁터로 가야 하는 병사들을 싣고….

두어 시간 정도 지나자 소란도 잦아들었다. 아직 마음을 정리 못 한 몇몇 장병을 빼고 대부분 고개를 떨어뜨리고 선잠을 이어갔다. 옆 전우의 어깨를 베개 삼아 낮은 코를 골거나 생사를 같이해서 그럴까 서로 뻔뻔하게 끌어안고 산다. 뻗은 다리가 통로를 막는지도 모르고 다리를 곧게 펴고 잘도 잔다. 제자리에서 변함없이 자리를 지키는 것은 선반에 올려진 더플백뿐이다. 다른 열차 안도 얼굴만 바뀐 닮은 광경이다. 여러 칸을 지나 봐도 하나같다.

맨 뒤에는 장교 전용 칸이 있다. 여긴 좀 다르다. 장교들은 잠을 자도 자세가 반듯하다. 입을 벌리거나 침을 흘리지도 않는다. 무릎에는 다림질로 잡은 각이 선명한 그대로다. 그 가운데 서 중위는 잠을 못 이루고 있었다. 인물이 훤한 서 중위는 다른 장교들보다 단연 돋보인다. 딱 벌어진 어깨에 단단한 체격, 큰 키와 갸름한 얼굴, 어디에 내놔도 손색없는 외모다. 그의 손에 사진 한 장이 들려있었다. 사진 네 귀퉁이가 약간 헤져 있는 것이 그가 얼마나 수없이 품에서 꺼내본 흔적인지 고스란히 말해 주고 있었다. 정지된 필름을 보듯 서 중위는 한참을 말없이 사진만 들여다보았다.

얼마나 지났을까. 서 중위는 굳게 다문 입을 살짝 벌리고 길고 가는 숨을 내뱉었다. 그러더니 사진 속 미자의 얼굴을 똑바로 응시한 채 사진을 반으로 쭉 찢는다. 또 찢고 겹쳐 찢는 그의 얼굴에는 아무런 미련도 남아있지 않았다. 서 중위는 조각난 사진을 한 손에 쥐고, 창문을 열어 기차 밖으로 날려 보냈다.

* * *

강원도 양양군 진부면 용대리 일대는 골짜기마다 명태 덕장이 많다. 덕장은 황태를 만드는 곳이다. 바다에서 잡아온 명태를 깨끗이 씻어 두 마리씩 꿰어 덕장으로 보내면, 덕장에서는 명태를 덕걸이에 걸어 놓는 작업을 하여 황태를 만든다.

좋은 황태를 만들기 위해서는 무조건 추워야 한다. 그래서 용대리는 바닷가 근처가 아닌 설악산 넘어 진짜 추운 곳인 진부령에 위치해 있다. 덕걸이 하나의 길이는 굉장히 길다. 용대리에 있는 가장 큰 명태 덕장은 그런 덕걸이가 수백 개나 있어 규모를 짐작하기 어려울 정도다.

명태는 덕걸이에서 얼다 녹기를 반복한다. 영하 15도 이하로 내려가는 용대리의 강추위 기온 속에서 낮에는 녹고, 밤에 얼기를 반복하며 겨울을 난다. 그럼 명태는 색이 노랗게 변하고 살이 부슬

부슬하게 된다. 이것이 바로 우리의 식탁에 오르는 황태다.

가장 큰 규모를 자랑하는 덕장에 청년 서 중위와 아버지, 다수의 인부가 일을 하고 있다. 덕장에 걸려있는 명태는 흰 눈이 덮여 있었다. 그들이 덕걸이에 명태를 거는 작업에 열중하고 있는 사이 큰길가로 검은 승용차 한 대가 들어선다. 덕장 주인의 차다.

차에서 주인집 딸 미자와 친구들이 내렸다. 서 중위의 아버지는 미자 앞에서 허리를 바로 세우지 못하고 연신 굽실대며 반가움을 표시했다.

"이 추위에 아가씨가 어쩐 일로?"

어른에게 먼저 인사를 받았으면 빈말이라도 돌려줘야 하는데 미자는 못 본 척 대꾸도 안 한다. 주인집 딸이지만 정말 싸가지가 없다. 미자에 이어 내린 사람은 연화다. 연화는 덕장 규모를 보고 놀라 소리쳤다.

"야 굉장하다. 산 전체가 덕장이네!"

덕장이 크다고 말로만 들었지 이 정도 규모일 줄은 상상도 못 했다. 크게 놀란 연화의 모습을 보고 미자는 피식 웃는다.

"뭘 이 정도 가지고 그래, 보통 덕장도 다 이렇지."

미자는 콧대를 한껏 높여 공손을 떨었다. 놀라 커지는 연화의 눈만큼 미자의 콧대가 높아졌다.

인부들은 언 손을 비비며 일어나 아는 체를 보냈다. 일을 잘하고 있으니 집에 돌아가거든 그렇게 말해달라는 표시였다. 인부들이 나름대로 정중히 인사를 했음에도 미자는 아랑곳하지 않고 싸가지 없는 행동을 이어나갔다.

그때 아버지가 서 중위를 억지로 끌고 가 미자에게 인사시켰다. 아들을 개 끌듯 끌어다가 주인집 딸에게 문안 인사를 올리는 것이다. 이를 당연하게 생각하고 있는 아버지와는 달리 서 중위는 너무나 싫다. 어릴 적부터 같이 커 온 사이라 이런 만남이 더 불편할 수밖에 없었다.

"진혁아, 얼른 아가씨께 인사드려야지!"

아버지의 성화에 그는 마지못해 고개를 숙여 인사를 했다. 연화는 그런 청년 서 중위, 진혁에게 눈을 떼지 못했다. 미자가 보기에도 한눈에 반한 눈치였다. 연화는 미자에게 귓속말을 건넸다.

"나 소개 시켜줄래?"

청년 시절 서 중위는 사내들 중에서 제일 잘 생겼었다. 집안과는 관계없이 귀티도 났다. 하지만 어렸을 때부터 앞뒷집에 살아온 미자에게는 청년 서 중위가 특별하게 잘 생겼다고 느껴지지 않았었다. 그런데 평소 라이벌이었던 연화가 서 중위에게 관심을 갖는다고 하니, 갑자기 진혁이 다르게 보이기 시작했다. 연화와 진혁을 번갈아 흘겨보던 미자는 묘한 미소를 띠었다.

빵집에 연화와 미자가 앉아 있다. 연화는 오늘따라 안절부절 못하고 거울을 꺼냈다가 집어넣었다가 옷매무세를 다듬기 바쁜 모습이다. 미자는 연화에게 잘해보라며 서 중위와의 만남을 주선했다. 수선을 떨고 있는 연화와는 달리 미자는 연화를 바라보며 묘한 웃음을 띤 채 차분하게 앉아 있었다.

"딸랑딸랑!"

빵집 문에 달린 종이 울리고, 진혁이 들어섰다. 미자를 발견하고 끄덕이며 자리로 가 앉았다.

"친구 연화야. 인사해."

"안녕하세요."

연화와 진혁은 서로 마주앉아 인사를 나눴다. 연화가 수줍게 미소 짓자 진혁이 말했다.

"강릉에서 제일가는 미인이네요."

연화의 표정이 밝아졌다. 그가 느낀 솔직한 인사였다. 당시 청년 서 중위가 본 여자 중에 가장 예뻤다. 미자는 올망졸망한 이목구비에 심술이 양 볼에 달렸는데, 연화는 시원시원하게 생긴 외모에 한 번도 욕을 안 해본 것 같은 순수한 얼굴이었다.

인사를 나누는 두 사람의 모습에 미자는 표정이 좋지 않았다. 연화가 제일 미인이란 말에 기분이 상했기 때문이다.

'나를 앞에 두고 이것들이….'

진혁의 마음을 확인한 연화는 포크로 가장 맛있어 보이는 빵을 찍어 그에게 내밀었다. 그러자 미자는 자신이 먹으려고 들고 있던 빵을 진혁의 입에 밀어넣었다. 연화는 미자를 째려봤다. 확 꼬집어 주고 싶었다. 하지만 그를 만나게 해줬다는 사실에 미움도 다 용서가 되었다. 연화는 미자를 용서해주기로 했다. 아니, 빵을 먹고 있는 진혁을 바라보는 것만으로도 저절로 용서가 되었다.

미자는 자신이 마음에도 없는 행동을 하고 나니 그런대로 재미가 생겼다. 앞으로 더 재미있는 일을 예감하며 또 묘한 미소를 띤다. 그녀는 지금까지 갖고 싶은 것은 다 가져 보았다. 크게 갖고 싶은 것이 아니라도 별다른 노력 없이 소유할 수 있었다. 이번에는 남이 찜한 것에 집적대보니 가벼운 흥분이 느껴졌다. 그다음 약속도 미자가 잡았다. 바로 울산바위 데이트다.

울산바위는 철사 다리로 올라야 한다. 수직으로 서 있는 철사 다리에서 눈을 둘 곳은 위쪽이다. 아래로 내려다보면 철사 다리가 놓여진 바위 높이는 장난이 아니고 더 아래 절벽까지 합하면 까마득한 낭떠러지다. 그래서 아래를 보면 오금이 저려지니 위쪽만 봐야 한다.

바위를 오르는 등산객은 모두 그렇게 오른다.

며칠 뒤 그들은 함께 울산바위를 올랐다. 직각에 가까운 철사 다리를 오르는 순서는 연화, 미자, 서 중위다. 오르다 미끄러지면 남자가 받쳐준다는 그런 거다. 그런데 문제는 미자의 옷차림이었다. 속바지도 입지 않은 짧은 치마를 입고, 진혁 앞에서 바위를 오르고 있다. 연화는 약이 올랐다.

'기지배, 지가 울산바위에 오르자고 해놓고 일부러 짧은 치마를 입고 나왔어!'

또 하나의 문제는 짧은 치마를 입고 기어코 진혁 앞에서 오르겠다는 것이었다. 미자가 끝까지 우기니 할 수 없이 문제의 순서로 울산바위를 오르게 되고 말았다.

진혁에게 미자의 치마 속이 훤히 들여다보였다. 미자의 예쁜 궁둥이가 보이는가 싶더니 팬티가 보이고… 그는 눈앞이 아찔했다. 머리가 터질 것 같아 잡고 있던 사다리에서 손을 놓고 눈을 가렸다. 순간 진혁은 떨어질 뻔했다. 철사 다리 난간에서 몸이 휘청거리는 순간, 수십 길 낭떠러지에서 떨어져 절벽 아래로 피투성이가 된 자신이 떠올랐다. 그렇게 죽을 수는 없다고 필사적으로 난간을 붙잡았다.

'휴, 겨우 살았다.'

그때서야 안도의 숨을 내쉰다. 진혁은 아직도 당혹스러웠다.

'이 기지배 일부러 치마를 입고 나온 거야. 보여 주겠다는 거지.'

그래서 또 본다. 확실하게 본다. 보려고 하지 않아도 보인다. 그는 생각했다.

'미자가 이러는 의도는 무엇일까? 하필이면 이런 방법으로 보라는 걸까?'

진혁은 자의 반 타의 반으로 미자의 치마 속을 보며 울산바위를 올랐다. 드디어 정상에 도착했고, 온 세상이 다보일 듯 탁 트인 동해바다의 멋진 전경에 감탄사가 이어졌다. 이제 막 올라와 제대로 절경을 보려는데 미자가 너무 높아 무섭다며 빨리 내려가자고 재촉하기 시작했다. 진혁과 연화가 서로 바라보는 눈빛 때문이었다. 미자가 이를 눈치채지 못할 리가 없었다. 오르자마자 내려가자고 보채는 통에 그들은 마지못해 발길을 돌렸다. 울산바위를 올랐던 철사 다리를 막 내려왔을 때였다. 연화가 진혁에게 노골적으로 가까이 가려고 하자 미자의 눈에 불꽃이 일었다.

"아야! 발이 삐었나 봐!"

연화는 어이없다는 눈빛으로, 진혁은 말도 안 된다는 표정으로 미자를 바라봤다.

"너무 아파 못 움직이겠어. 나 좀 업고 내려가!"

"뭐?"

만약 연화가 미자를 업을 수 있었다면 이러진 않았을 것이다. 미자는 연화에게 신발을 건네며 진혁에게 빨리 안 업고 뭐하냐고 아우성을 부렸다. 망설이는 진혁에게 미자가 다그치듯 말했다.

"그럼. 나 여기에 두고 내려갈 거야? 아버지한테 너랑 울산바위 간다고 말했는데?"

꼭 미자 아버지가 무서워 그런 것은 아니지만 진혁은 미자에게 등을 내주었다.

"알았어. 업혀."

미자의 신발을 들고 연화가 앞장서고, 미자를 둘러업은 진혁이 그 뒤를 따랐다. 아무리 여자라 가볍다고 해도 사람을 등에 업고 산을 내려가는 것은 힘이 든다. 처음에는 가뿐히 내려가다가도, 내리 디딜 때 무릎을 압박하는 충격이 점점 부담으로 다가온다. 한 걸음 한 걸음 거듭되면 무릎이 아파온다. 걸음이 늦어지는 진혁의 일행을 추월하는 하산객들이 옆을 지나며 한마디씩 한다.

"조오켔다."

바로 옆으로 지날 때 둘이 겨우 들릴 만한 작은 목소리로 말했다. 그때마다 진혁은 가쁜 숨을 내쉬며 생각했다.

'업은 사람? 업힌 사람?'

상당히 힘든 상태임에도 불구하고 진혁의 얼굴에는 큰 고통이 없어 보인다. 다만 힘이 좀 드는지 진혁의 얼굴이 붉다. 업혀 있는 미자의 얼굴도 붉다. 진혁은 미자를 업고 궁둥이를 바친 깍지에 손이 풀리지 않도록 온통 신경을 쓰고 있었다. 힘이 빠져 깍지가 풀리지 않도록 손가락만 꼼지락거린다.

진혁의 머릿속엔 아직 바위를 올라가는 동안 내내 본 미자의 궁둥이가 지워지지 않았다. 오르는 내내 보기만 했던 궁둥이가 이제 진혁의 손에 있다. 진혁은 산을 내려오며 궁둥이에서 오목이 들어가는 부분에 손가락을 닿게 했다. 미자가 움찔했다. 그런데 가만히 있는 것이었다. 진혁은 얼굴이 달아올랐다.

늦은 밤, 가로등 아래 미자와 진혁이 마주 보고 있다. 개학 전날 미루고 미뤄온 방학 숙제를 하듯 진혁의 마음은 급했다.

"나… 어떻게 생각해?"

미자는 이 순간을 기다렸다. 하지만 처음부터 내색하면 재미가 없다. 미자는 진혁을 빤히 바라보고 있었다. 기다린 만큼 충분히 즐길 시간이 필요했기 때문이다.

진혁은 마른침을 한번 삼킨다. 미자의 대답을 기다리는 시간이 너무 길게 느껴졌다. “난 네가 좋아.”라는 대답을 들으면 다음에 어떤 말을 해야 할지도 준비하고 있었다. 그랬는데… 미자는 피식 웃으며 대답했다.

“응. 장난 좀 해봤어. 강아지랑 노는 것보다 재밌더라.”

“뭐?”

당황한 기색이 역력한 표정으로 되묻는 진혁에게 미자는 찬바람 가득 담아 냉랭하게 말했다.

“왜 못 들었어? 연화 그 기지배한테 네가 가지 못하도록 한 거뿐이야. 눈치가 무딘 니가 멍청한 거지.”

미자는 연화에 대한 피해 의식이 컸다. 국민학교 시절부터 갓 대학생이 된 지금까지도 공부면 공부, 운동이면 운동 다 연화에게 밀렸다. 그리고 결정적으로 연화가 훨씬 예쁘게 생겼다. 그나마 이기는 것이 있다면 딱 한 가지, 돈이 많았다. 아버지의 힘을 빌려 돈으로 하는 것에는 우쭐했다. 하지만 연화를 상대로 겨룬다면 이기는 것이 없었다.

미자의 피해의식은 이미 쌓일 대로 쌓여있었고, 동네에서 제일 잘생겼다고 소문난 진혁과 잘되는 꼴까지 봐줄 수가 없었던 것이었다.

청년 서 중위, 진혁에게도 사정은 있었다. 그의 아버지는 미자네 머슴이나 다름없을 정도로 허리를 펴고 산 적이 없다. 아버지가 허리를 숙이니 엄마도 허리를 숙여 평생을 사셨다.

진혁은 어렸을 때부터 누군가가 커서 뭐가 될 거냐고 물으면, 미자한테 장가가겠다고 답했었다. 그때마다 아버지께 무진장 혼이 났지만, 생각은 달라지지 않았다. 나이가 먹을수록 속마음을 드러내지 않았을 뿐, 희망 사항이 달라진 것은 아니었다. 그럴 수 있다면 그러고 싶었다. 그런 진혁에게 미자는 꼬리를 치고 농락했던 것이다.

진혁은 눈에 뵈는 것이 없었다. 생각할 시간조차 아까웠다. 진혁은 굳은 표정으로 미자의 뺨을 갈겼다. 짝 하는 소리에 이어 바로 날카로운 비명이 들렸다.

"아악!"

조용한 동네에서 여자의 비명이 났다. 그것도 한밤중에. 더구나 비명을 지르는 여자가 미자라는 것을 모르는 사람이 없다. 이건 분명 큰 사건이다.

미자는 온 동네가 다 떠나가도록 소리를 지르며 서럽게 울어댔다. 동네 개들도 놀라 따라 짖는다. 모른 척 넘어가기에는 동네가 너무 시끄러워지자, 사람들이 하나둘 나오기 시작했다. 미자는 가로등 바로 아래 두 다리를 쭉 뻗고 앉아 어린아이처럼 엉엉 울었다.

'너 오늘 제대로 걸렸어.'

서럽게 울면서 진혁을 힐긋 쳐다본다.

드디어 진혁의 아버지가 나왔다. 맨바닥에 앉아 울고 있는 미자

옆에 아직 흥분이 덜 가라앉아 씩씩대는 진혁이 보였다.

"이놈이 정신 나갔나. 누구를 때려!"

팔을 걷어붙이며 주위를 두리번거리던 아버지는 몽둥이로 쓸 만한 각목을 집어 들었다. 진짜 패 죽일 만큼 화가 난 아버지는 자신의 성질에 못 이겨 뒷목을 잡는다. 아버지가 치솟는 화를 억누르지 못해 몽둥이를 들고 진혁에게 달려들었다. 그제야 사태파악이 된 듯 뒷걸음질로 도망치며 고래고래 소리를 질렀다.

"내가 너 총으로 쏴 죽여 버릴 거야!"

* * *

강릉에서 가장 호화스럽기로 유명한 예식장에 하객들이 삼삼오오 모여들고 있었다. 결혼식의 꽃, 오늘의 주인공은 바로 미자다.

예식장 앞은 수많은 화환과 밀려드는 축하객들로 인산인해를 이루고 있고, 홀과 현관에는 이미 발 딛을 틈 없이 붐비고 있었다. 양가 혼주는 손님맞이에 정신이 없다. 강릉에서 제일 큰 덕장 주인 딸과 그에 뒤지지 않는 사돈과의 결혼식이다 보니 정신이 없는 건 너무나 당연했다. 강릉 최대의 선주에게 이때라도 눈도장의 찍어야 하는 것은 두말할 필요도 없었다. 배와 덕장에서 일하는 일꾼들은 물론 동네 사람들까지 모두 친한 척하기에 바빴다.

시끌벅적한 예식장 안과 밖이 갑자기 조용해졌다. 그리고 한 곳으로 시선이 모아졌다. 결혼식장에 중위 계급장을 달고 나타난 군인, 바로 진혁이 현관 앞에 서 있던 것이다.

동네 사람들이 예식장에 느닷없이 나타난 서 중위를 보고 놀라 한마디씩 한다.

"저 군인, 서 씨네 아들 진혁이 아녀?"

"맞다. 맞아."

놀람은 걱정으로 바뀌고, 예식장은 3년 전 진혁의 이야기로 웅성웅성거렸다.

3년 전. 있는 소란 없는 소란은 다 떨어놓고 사라졌을 때 진혁의 아버지와 덕장에서 일하던 사람들은 다 한통속일 거라는 막연한 죄로 지금까지 두고두고 당하고 있었다. 순간 고충이 떠올랐는지 묘한 이야기가 오간다.

"별일 없을까?"

"글쎄, 그때…."

덕장의 일꾼들과 동네 사람들은 조심스럽게 수군거렸다.

"맞아. 그때 총으로 쏴 죽인다고 그랬는데…."

"그래서 군인 된 거 아냐?"

"총은 안 보이지?"

신부 미자가 차에서 내렸다. 백합꽃 송이를 닮은 드레스를 입은 미자가 싱그러운 향기를 풍기며 하객들의 이목을 사로잡는다. 여기저기서 탄식이 쏟아져 나왔다.

"신부가 너무 예쁘다!"

"복스럽기도 하지."

"참하니 잘 살겠네."

결혼식 부조 가운데 제일이라는 신부의 칭찬과 덕담이 한창인 가운데, 미자가 식장으로 들어서려는 순간이었다.

"못 가."

서 중위가 신부 입장을 막아섰다. 사람들이 황급히 달려와 서 중위를 말렸다. 가장 경사스러운 혼삿날 주먹다짐을 할 수도 없고, 서로 아는 사이에 험한 꼴을 보이기도 어려워 쉽게 장내가 정리되지 않았다. 사람들은 서 중위를 예식장 밖으로 끌어내지 못하고 어수선한 분위기가 계속됐다. 얼마 뒤 헌병들이 달려왔다.

두 명의 장교가 대대장 앞에 부동자세로 서 있고, 대대장은 화를 감추지 못하고 있었다. 화가 단단히 난 대대장이 중대장의 정강이를 사정없이 걷어찼다. 부하단속을 제대로 하지 못한 벌이었다. 단단한 물체가 강하게 부딪치는 소리가 나자, 주위에 있던 사람들은 뼈가 부러지는 소리라고 생각했다. 중대장의 표정이 구겨지지 않는 것을 보니 뼈가 부러지지는 않은 것 같았다.

대대장이 서 중위의 쪼인트도 깐다. 서 중위의 정강이에서도 '딱' 하는 강하게 부딪치는 소리가 났다. 중위씩이나 달고 있는 놈이 예식장에 난입하여 있어서는 안 되는 민폐를 끼친 벌을 받은 것이다. 물론 그가 영창을 갈 정도로 잘못한 것은 아니다. 그러나 장교의 품위에 먹칠을 한 것은 확실한 문책사항이었다.

서 중위는 정강이가 아픈 것보다 마음이 더 아팠다.

중대장은 강한 눈빛으로 마주 선 서 중위를 바라보았다. 마치 입으로 하지 못할 말을 눈빛으로 하는 것 같았다.

'그깟 여자 때문에….'

서 중위도 눈빛으로 대답했다. 뭔가 갈구하는 눈빛이었다. 애써 모른 척하는 중대장에게 서 중위는 중대장의 눈을 똑바로 바라보며 청원했다.

"월남 보내주십시오."

중대장이 서 중위의 쪼인트를 깐다.

"못난 자식, 비겁하게 현실도피 할 거냐?"

강하게 쏘아보는 눈빛에 서 중위도 피하지 않고 응수하자, 중대장은 낮고 힘 있는 목소리로 말했다.

"못 가."

단 하나의 염원

업셔호가 부두에 정박해 있다. 배는 백여 미터가 훨씬 넘는 길이에 5층 높이의 위용을 자랑하고 있었다. 3층인지, 4층인지 구분이 잘 안 되는 갑판에 천여 명이 넘어 보이는 파월장병들이 나와 있다. 상상할 수 없을 정도로 어마어마한 크기다.

지난밤. 파월장병들은 춘천에서 출발한 전용열차를 타고 밤새 무정차로 달려 이른 새벽에 부산에 도착했다. 열차는 부산역으로 들어가지 않고 부산항으로 연결된 철도로 곧장 부두로 들어왔다. 이런 조치는 파월장병들을 위한 배려이기도 하고, 혹시 있을지 모르는 불상사를 미연에 방지하려는 것이기도 하다. 불상사란 도중에 마음이 바뀌어 몰래 병사가 도망가는 상황을 말하는 것이다. 그들도 사람이기에 두려움을 이기지 못하고 도망쳐 버릴 수도 있기 때문이다.

업셔호에 오르는 장병들

장병들은 기차에서 내리자마자 바로 배에 올랐다. 앞으로 일주일 동안 지내게 될 선실도 배정되었다. 그들은 배정받은 선실에서 잠시 휴식을 취했다.

잠시 눈을 붙인 장병들은 하나둘 잠에서 깨어 배 구경과 바다 구경을 하기 위해 갑판 위로 나왔다. 그런데 부둣가에 모인 많은 인파가 보였다. 바로 환송식 때문이다. 4, 5층 높이의 갑판 위에서 내려다본 부두에는 정말 많은 인파로 덮여 있었다. 바글바글하게 모여 있는 것이 흡사 개미를 연상시켰다.

허리를 동여맨 한복차림의 아주머니들이 대부분이었고, 중간중간에 블라우스와 깜장치마 차림의 부인들도 보인다. 엄마 손, 할머니 할아버지 손을 꼭 붙잡고 나온 아이들도 있다. 세일러복을 입은 여학생들의 모습도 보인다. 한쪽에는 군악대의 까만 헬멧이 반짝인다.

부두의 인파

환송식

장병들이 가장 놀란 것은 이 많은 인파를 품에 안은 부두의 크기였다. 이렇게 많은 인파가 모여 있는 것은 처음 본다. 큰 국가 행사에서나 볼 수 있는 광경이다. 정말 많은 사람들이 모여 있었다.

"이야! 대한민국 국민이 다 나온 것 같다!"

장병들은 놀라운 광경에 입을 다물지 못했다. 더욱이 이런 자리에 자신이 있다는 것도 신기할 따름이었다. 놀라움 속에서는 은근한 기대도 들게 마련이다.

"우리 엄니도 오셨을까? 연락은 드리지 않았는데…."

광장의 인파들도 들뜨기 시작했다. 조금씩 소란이 일어 점점 목소리가 커진다 싶을 때, 군악대의 연주가 울렸다. 군악대의 연주에 사람들의 시선이 집중되었고, 주위는 순간 조용해졌다. 사람들의 이목이 집중된 가운데 군악대의 연주에 맞춰 여고생 합창단의 노래가 시작됐다. 세일러복을 입고 자그마한 입으로 부르는 노랫소리가 부두에 울려 퍼졌다. 배 위의 장병들에게도 전달됐다. 여고생들의 노래여서 인지 소란함 속에서도 또렷이 들려왔다.

자유통일 위해서 조국을 지킵시다–

장병들의 심장이 빠르게 뛰었다. 저 많은 인파가 우리를 향해 손을 흔든다. 박수를 친다. 빠르게 뛰는 심장을 잡아 보지만, 노래가 가슴을 울리고 있었다.

조국의 이름으로 님들이 뽑혔으니–

'그래 난 조국으로부터 명령을 받은 거야.'

뿌듯함에 처진 어깨에 힘이 들어간다.

그 이름 맹호부대! 맹호부대 용사들아–

'비록 월남 적응훈련 받으며 맹호 부대원이 되었어도 맹호부대 용사인 것은 맞아.'

장병들은 생각했다.

'그럼. 맹호고 말고!'

환송 나온 가족들이 손에 손에 태극기를 들고 흔들며 조금씩 조금씩 배를 향해 몰려오기 시작했다. 미리 일찍 나와 갑판이 잘 보이는 명당자리를 차지한 사람들은 자리를 지키려 해보지만 소용이 없었다. 뒤에서 밀어오는 힘이 거세지기 때문이다. 뒤에 있는 많은 인파들이 계속 앞으로 밀고 나가면 앞에 있는 사람들은 바닷물에 빠져버리고 말 것이다. 밀리는 군중들이 뒤를 돌아보며 밀지 마라 말한다. 그래도 밀린다. 안간힘을 써도 닿지 못하는 부모의 심정은 애달프다. 애써 싸온 음식도 전해줄 방법이 없다.

헌병들의 호각소리가 요란해졌다. 처음에는 호각소리만으로 제지를 해봤지만 소용이 없었다. 마지막이 될지도 모른다는 생각에 가족들은 호각소리가 들리지 않았다. 그러자 헌병들이 험해지기 시작했다. 강하게 제지를 하고 나선 것이다.

여기저기서 호각 부는 소리가 나고, 헌병에 의해 사람들이 떠밀린다. 그 모습을 본 장병들은 혹시 왔을지 모르는 가족이 아들을 애타게 찾고 있을 어머니가 헌병에게 떠밀린다는 생각에 화가 났다. 욕도 나온다.

"저놈들은 왜 막는 거야?"

"새끼들 인정머리 하고는…."

"저 헌병 새끼들을 총알받이로 써야 해."

결국, 인파는 헌병들의 제지로 배에서 저만치 떨어져 있다.

"어머니! 어머니!"

누가 먼저라 할 것 없이 장병들이 어머니를 외친다. 어머니가 오시지 않은 것을 알면서도 어머니를 부른다. 어머니가 대답이 없는 것은 헌병 때문인 것 같다. 들릴 리가 없어도 어머니를 목청껏 불러본다.

"어머니!"

장병들의 외침이 부두에 내린다. 어머니들은 주인 없는 '어머니'에 가슴이 저리다. 자는 아이 혼자 눕혀 놓고 밭 매러 나온 엄마의 심정이다. 우물가에 놀던 아이가 보이지 않는 다급한 엄마의 마음이다. 찾아야 한다. 빨리 찾아서 아들을 봐야 한다. 방망이질하는 가슴처럼 높이 뛰어본다.

"어머니!"

분명 아들이 부르는 소리인데 아들은 보이지 않는다. 아들이 보이지 않으니 어머니를 부르는 소리가 더 애절하게 들린다. 어렵게 배 가까이 다가온 부모들도 답답하기는 마찬가지다.

한 번만이라도 아들의 모습을 보고 싶은 부모는 조금 더 가까이 가기 위해 발버둥 치지만 이내 헌병들에 의해 저지되고 만다. 헌병은 밀려드는 인파를 붙잡고 있었다. 한쪽에서는 몸싸움도 벌어졌다. 헌병을 밀치고 뛰어들다 젊은 힘을 이기지 못하고 튕겨 내쳐진 부모들은 울분을 토해내듯 통곡했다.

"아니, 전쟁터에 가는 아들도 못 만나게 해?"

"이건 어떡하란 말이야?"

라면박스였다. 전쟁터로 가는 아들을 먹이려고 가슴에 안고 온 것이다. 상자 안에서는 김밥 냄새, 구운 통닭 냄새가 난다. 헌병의 코앞에 작은 보따리를 들이밀고 있는 부모들은 막막했다. 때마침 빨랫줄을 잔뜩 안고 있는 장사꾼이 지나갔다.

"배에 물건을 올릴 수 있는 빨랫줄이 100원. 아들에게 올려 보낼 수 있는 빨랫줄."

드문드문 보이는 빨랫줄 장사는 부모들 사이를 지나며, 너무나 쉽고 자신 있게 외치고 있었다.

빨랫줄을 묶은 사과가 하늘을 가른다. 부두에 닿은 쪽 배의 외판에 빨랫줄이 줄줄이 걸린다. 거미줄보다 촘촘하게 줄들이 배에 걸어진다. 시골 학교 운동회 날 하늘을 가렸던 만국기 줄 같다. 사과 몇 개는 부두 바닥으로 떨어지기도 한다.

장병들은 빨랫줄이 날아올라 갑판 난간에 저절로 걸리기만 쳐다보며 기다리지 않는다. 팔을 쭉 내밀어 오르는 줄을 낚아채면 된다. 누구의 것인지 따질 것도 없다. 우선 배로 올라와야 하는 것이 순서다. 나중에 주인을 찾아 주면 되는 것이다.

아들이 아닌들 어떠냐! 배 밑에서 보기에 갑판에 있는 아들이 그

놈이 그놈으로 보이니 모두가 아들이다. 부두에 계신 부모도 같은 마음이다. 니 부모 내 부모를 따질 필요 없이 모든 분이 아들을 둔 부모여서다. 모두 같은 마음으로 부모들은 배 위로 열심히 던져 올린다. 아들들도 서슴없이 줄을 받는다. 사과에 묶인 줄을 당기면 라면 박스가 달려 있다. 박스 안에는 월남 가면서 먹으라는 부모의 정성이 담겨있다. 김밥, 통닭구이, 사탕, 빵, 과자와 그리고 담배도 들어있다. 평소 돈이 아까워 드시지 않던 것들이다.

아버지도 전쟁을 경험했다. 6·25 전쟁 때는 먹을 것이 없어 배곪으며 싸웠다. 끼니를 챙기기보다 건너뛰는 때가 많았다. 적이 아닌 배고픔이 더 괴로웠고, 적보다 더 많은 목숨을 거두어 갔다. 살기 위해 고사리만 넣은 국을 끼니로 삼다가 이질에 걸려 죽는 전우도 수두룩했다. 아버지가 겪은 전쟁은 그렇게 배가 고팠다. 그 마음으로 배로 더 다가간다. 마음을 던진다.

"잠시 후 파월장병 환송식을 진행하겠습니다. 내외 귀빈과 환송 가족께서는 단상을 향해…."

스피커에서 환송식을 알리는 안내방송이 나왔다. 이제 떠날 시간이 되었다는 이야기다. 격식을 갖춰 장엄하게 보내주자는 뜻이다. 곧 떠나니 그렇게 마음을 먹으라고 한다.

시끌벅적하던 부두가 숙연해졌다.

"지금부터 애국가 제창이 있겠습니다."

사회자는 감정 없는 목소리로 식순을 알렸다. 군악대의 합주로 애국가 전주가 울린다. 평소에는 길게 느껴지던 애국가 전주가 오늘따라 너무 짧게 느껴졌다. '전주가 왜 이렇게 짧아?' 라고 따지고 싶었다. 오늘이 마지막일 지도 모른다는 아쉬움이 핏빛처럼 진하다.

애국가 전주에 이어 노래가 막 시작되려던 참이었다. 한 할머니의 절규하는 소리가 들렸다. 할머니가 으깨진 사과를 손에 들고 털썩 주저앉아 땅을 치며 목 놓아 울고 있던 것이었다. 아직 아들 얼굴조차 못 보았고, 남들처럼 보따리를 배로 올려주지 못했는데 아들을 떠나보내겠다며 무슨 식 같은 것을 한다고 한다. 그놈의 식을 막을 수가 없어 숨이 막히려 한다. 숨이 막혀와 하고 싶은 말도 하지 못한다.

"아이고, 이를 어쩌나!"

세상이 끝날 듯 처절한 비명을 내지른다. 절규가 얼마나 비통한지 듣는 사람까지 절망케 한다. 절규하는 소리에 사람들의 시선이 모아졌다. 그러자 한 아버지가 사람들을 향해 '쉬_'하며 조용히 하자고 한다. 검지를 올려 코에 붙이며 '쉬_'하고 내뱉는 표정이 무척 진지하고 엄했다. 그리고 다 알고 이해한다는 듯 눈을 지그시 감으며 고개를 끄덕였다. 사람들도 그 마음을 읽은 듯 시선을 돌려 다시 애국가에 집중했다.

업셔호 갑판의 장병들이 정자세로 애국가를 부르기 시작했다.

동해물과 백두산이–

장병들은 반듯한 자세로 애국가를 부른다. 아무리 거센 폭풍우가 휘몰아치더라도 뿌리 깊은 나무처럼 흔들리지 않을 것 같다. 굳건히 디딘 발에는 강경한 다짐으로 반듯하게 서 있다.

마르고 닳도록–

아들이 아버지가 되고 아버지의 아들이 아버지가 되듯, 딸이 엄마가 되고 엄마의 딸이 엄마가 되듯… 쉼 없이 반듯하겠다는 의지를 말한다. 그 자리에서 언제까지나 바로 서 있겠다는 의지를 담고 있었다.

흔들리던 부모들은 전장으로 나가면서도 반듯한 아들을 보고 마음을 다잡는다.

장병들과 부모들은 반듯하게 애국가를 같이 불러 나간다.

하느님이 보우하사–

절규를 하던 할머니가 정신을 수습한 모양이다. 보따리를 끌러 사과 한 알을 꺼내 줄에 단단히 묶는다. 할머니가 사과를 묶으며 기도한다.

'하느님이 보우하사 이 사과가 아들에게 꼭 전해지게 도우소서.'

아버지도 기도한다.

'하느님이 보우하사 아들이 무사히 돌아오게 하여 주소서. 제가 기도드린다 해서 제 아들만 돌보지 마시고 다른 아비의 아들도 함께 살펴 주소서.'

이 자리에 모인 사람들은 하나같이 '하느님이 보우하사' 가사에 힘을 가득 담아 부른다.

할머니가 기도하며 묶은 사과를 갑판을 향해 온 힘을 다해 던져 올린다.

우리나라 만세-

할머니는 두 손바닥에 사과를 올려놓고 만세를 부르듯이 하늘로 힘차게 뻗어 올렸다. 있는 힘을 다해 세차게 두 팔을 들어 올린다.

할머니의 만세는 작은 소원이었다. 아들에게 이 사과가 전해지기를 바라는 그 작은 마음 하나였다. 그러나 그 작은 마음조차 담기에 사과는 무거웠는지 배에 닿지 못하고 떨어졌다. 부두 바닥에 떨어진 사과는 산산이 부서져 사방으로 튀어나갔다.

무궁화 삼천리 화려 강산-

깨진 사과가 드러낸 흰 속살처럼 할머니의 마음도 부서진다. 보는 사람들의 마음도 함께 부서진다. 그러나 군중들은 애국가를 부르는 도중이라 할머니를 도울 수가 없었다. 엄숙하게 애국가를 부르면서도 할머니를 그저 안타까운 마음으로 바라볼 뿐이었다.

할머니는 다시 보따리를 열었다. 보따리 안에는 사과 한 알이 남아 있었다. 할머니는 사과를 꺼내 빨랫줄에 단단히 묶는다. 정성을 다해 사과를 꽁꽁 동여맨다.

대한 사람 대한으로–

할머니도 이 한 알의 사과를 배에 올린다는 게 어려울 거라는 사실은 안다. 몇 번이나 그랬었으니까. 보장은 없어도 믿음은 있었다.

할머니는 비장하게 숨을 들이쉬며 기운을 추스르고, 다시 사과를 던져 올렸다. 온 힘을 다해 다시 만세를 부른다. 할머니의 손을 떠난 사과가 다시 갑판을 향해 올랐다. 그러나 이번에도 할머니의 사과는 얼마못가 땅에 떨어졌다. 역시 힘이 부족했던 것이었다.

할머니는 넋 나간 표정으로 사과가 떨어지는 것을 보고 있었다. 사과가 땅에 떨어지자 할머니도 같이 스러져 내린다. 서 있을 힘마저 모두 써버린 상태였다. 일어나려 하지만 다시 주저앉는다. 사과는 바닥에 떨어져 통통 튀었다. 워낙 꽁꽁 동여매 사과가 크게 상하지 않은 것이다. 간신히 사과를 주어든 할머니는 망연자실 하늘만 올려보고 있었다.

길이 보전하세–

애국가 제창이 끝나갈 무렵이었다. 할머니는 속이 탔다. 지금 부르고 있는 애국가가 끝나면 다시 기회가 없다는 것을 알고 있기 때문이다. 그러나 일어설 기운조차 없다. 그저 바닥에 주저앉아 사과만 바라볼 뿐이다. 사과에 눈물이 떨어진다.

"어머니!"

이 병장이었다. 땅바닥에 주저앉아 울고 있는 할머니는 바로 이 병장의 어머니였다. 이 병장은 눈물이 왈칵 쏟아졌다. 눈물로 범벅이 된 채 어머니를 부르며 갑판 난간으로 달려 나갔다. 더 이상 목이 메여 부르지도 못했다. 이 병장은 배에서 뛰어 내리려고 난간에 몸을 넘겼다. 주위의 장병들은 그를 말리려 몸을 껴안았다. 이 병장은 이미 난간에 몸이 반쯤 넘어가 있었다. 여럿이 달려들어 이 병장을 갑판 바닥으로 끌어 올렸다. 그는 부두로 내린 듯 어머니를 찾으려 주위를 두리번거렸다. 어머니가 보이지 않자 다시 난간을 넘으려는 소동이 벌어졌다. 좀처럼 멈추지 않았다.

할머니는 자신의 아들 목소리가 들려 고개를 들었다. 소란이 일어나는 곳에 아들이 있었다. 아들을 보면 마음이 편할 줄 알았는데, 막상 보고 나니 서러움이 더 복받쳤다. 배에서 뛰어내리려는 아들을 보자 가슴속 응어리가 쏟아져 나왔다.

“아이고, 내가 미친년이다. 소가 필요하단 말만 안 했어도 저놈이 배를 타지 않았을 텐데….”

입방정을 떤 자신이 밉다. 먼저 세상을 뜬 남편도 야속하다. 전쟁터로 가는 아들에게 사과조차 전해주지 못하는 자신이 너무 밉다.

“상진아! 소 없어도 게안타! 고마 배에서 내리거라.”

이제는 싸가지고 온 음식조차 줄 수 없게 되었다는 생각에 서러움이 몰려왔다. 원망스러움에 자신을 꾸짖는 한탄이 저절로 나온다. 저절로 땅을 치게 된다.

애국가가 끝났다. 국가의 작은 상징인 애국가 제창이 끝나자, 군중들이 이 병장의 어머니를 둘러싼다. 그리고 한 아버지가 할머니를 대신해 사과를 던져주었다. 사과가 날아올라 장병들의 손을 건너 이 병장에게 전해졌다. 그제야 어머니와 아들이 줄로 이어진다.

"어머니!"

"무사 하그래이! 알긋나?"

어머니는 아들에게 보낼 음식을 다시 싸고 있었다. 혹시라도 터질지 몰라 꼭꼭 싸맨다. 주위의 수많은 사람들이 이 병장의 어머니를 지켜보며 눈시울을 적시고 있었다.

사회자는 이번에도 감정 없는 목소리로 다음 순서를 알렸다. 출발 신고를 하는 선임 장교가 구령이 이어졌다.

"제병지휘관에 대하여 받들어 총."

전 장병들이 경례를 올리자 제병지휘관도 답례를 한다.

군악대의 팡파르가 울려 퍼진다. 팡파르는 제병지휘관이 삼성장군이라 세 번 울린다. 군악대 합주를 마칠 때까지 장군은 경례를 올린 자세로 병사들과 군중들을 쭉 둘러본다.

군중이 모여 있는 곳에 장군의 눈길이 멈췄다. 이 병장의 어머니를 둘러싼 무리였다. 장군의 시선이 오랫동안 머무르자, 헌병은 당혹감에 어쩔 줄을 몰라 하며 시선이 꽂혀 있는 곳으로 달려간다.

군중들은 장군이 지금 무얼 하는지는 관심이 없다. 그런 건 너네 들끼리 해라, 내가 어디에 신경을 쓰든 상관없지 않느냐는 거다. 이런 사태가 발생한다는 것은 헌병에게는 정말 큰일이다. 근무태만이라는 물증이기 때문이다. 헌병은 이제 죽었다는 말을 되씹으며 빠른 걸음으로 문제의 지역으로 이동했다.

이 병장의 어머니는 줄 끝에 보따리를 매달며 같은 말을 몇 번째 되풀이하고 있었다.

"무사하그래이. 제발 살아서 돌아오그래이. 알긋나. 무사하그래이."

머릿속이 하얘져 다른 말은 생각조차 나지 않았다.

다른 군중의 시선도 이 병장 어머니에게로 향했다. 그만큼 처절한 작별인사였다. 얼마 뒤 군중의 웅성거림 속으로 헌병이 들어왔다. 헌병 특유의 군화 발자국 소리가 이 병장 어머니에게로 다가갔다.

"지금 뭐하는 겁니까?"

헌병이 제지하려고 하자 이 병장의 어머니는 구부러진 허리를 일으켜 양팔을 벌리고 헌병을 막아섰다. 아들에게 보낼 보따리를 지켜야만 한다는 생각에 헌병을 막아선 것이었다. 이 병장의 어머니는 더 이상 헌병에게 제지당하기 전에 보따리를 올려주려고 했다. 헌병은 질서가 무너진 이유를 보따리라 여기고, 막 이 병장 어머니의 손을 떠난 보따리의 줄을 끊어버렸다. 보따리는 땅으로 툭 떨어졌다. 떨어진 보따리가 헌병 앞에 떨어지자, 잘 닦아 광이 번쩍번쩍 나는 군화로 멀리 차버린다. 보따리는 저만치에 떨어져 몇 번을 뒹굴었다. 이 병장 어머니는 굽은 허리로 달려가 보따리를 품에 꼭 안았다. 그리고 다시 줄이 있는 곳으로 돌아와 끊어진 줄을 잡고 눈물을 훔치며 탄식했다.

"우리 아들 줄 낀데… 전쟁터 가는 우리 아들 묵일낀데…."

어떻게든 줄을 이어 아들에게 보따리를 전해주겠다는 생각뿐이었다. 그 모습을 보던 군중들도 역성을 들었다.

"너는 애미 애비도 없냐?"

"천하의 본데없는 놈!"

헌병도 열이 받았다.

'어디 한번 해보겠다는 건가? 적당히 제지했을 때 그만둬야지 끝까지 해보자는 건가?'

헌병은 이 병장의 어머니를 밀쳐냈다. 그때였다. 사과 하나가 날아와 정통으로 헌병의 헬멧에 맞아 박살이 났다. 지금까지 지켜보다 분노한 장병이 던진 사과였다. 배 위에서 한 장병이 외쳤다.

"저 백바가지 새끼 죽여버려!"

이 병장 어머니가 바로 장병들의 어머니다. 감히 헌병 놈이 내 어머니가 올려주시려고 한 줄을 끊어버리다니 도저히 용서할 수가 없었다. 헌병 위로 사과와 라면박스가 쏟아지기 시작했다. 주위의 군중들은 자리를 비키고, 이리저리 피하던 헌병은 제대로 한 방 맞고 쓰러지고 말았다. 이를 놓칠세라 쓰러진 헌병 위로 더 많은 사과와 박스가 던져졌고, 잠시 뒤 박스가 쌓여 헌병은 발목만 보였다.

* * *

부웅-

부두에 뱃고동 소리가 길게 울린다. 조용하던 바닷물에 소용돌이가 인다. 스크루가 바닷물을 휘몰아 낸 것이다. 업셔호가 소용돌이를 만들자 예인선이 업셔호를 부두에서 떼어 조금씩 조금씩 바다로 내보낸다.

부두를 떠난 업셔호는 앞으로 대한 해협을 지나 이어도 옆을 스쳐, 파도가 높은 필리핀 해협을 거친다. 그렇게 동지나해에 들어

부산항에서 떠나는 백마부대

서면 닷새가 지난다. 지금부터 일주일 동안 쉬지 않고 달려야 베트남 퀴논 항에 닿을 수 있다.

부두에서는 작은 태극기들이 펄럭인다. 환송객들이 태극기를 힘차게 흔든다. 태극기들이 살아 펄떡이는 은멸치 같다. 용평의 산언저리 넓은 들에 활짝 핀 메밀꽃 같다. 부모들이 손에 쥔 태극기는 흔들림으로 말을 한다. 팔랑팔랑 움직임으로써 아버지의 기운이 약하지 않음을 전한다. 아직 기운이 있으니 집안 걱정하지 말고 너나 몸을 잘 챙기라는 당부다. 팔랑이는 태극기가 어머니의 살 다녀오라는 손짓을 대신한다. 네가 돌아오는 날 된장국을 구수하게 끓여 놓을 것이니 꼭 돌아와 맛있게 먹으라는 말을 전한다. 싹싹한 며느릿감도 골라 놓겠단다.

떠나는 장병들도 힘차게 태극기를 흔든다. 그들은 잘 다녀오겠다는 인사를 힘찬 노래로 대신한다.

노래는 하고 싶은 말을 담겨있다. '전쟁터로 나가는 불효도 다른 모양의 효도입니다.'라는 숨은 이야기를 노래로 대신한다. 그리고 부모님께 늘 건강하게, 무사히 돌아오겠다는 약속이다. 그래서 떠나는 배에서 터져 나오는 노래는 우렁차다.

아느냐. 그 이름 무적의 사나이….

그 이름도 찬란한 맹호부대 용사들….

떠나는 파월장병들은 눈물로 마음에 편지를 남기고 떠났다.

"나 월남 간다."는 짧은 말 한마디를 남기며 전쟁터로 떠납니다.

그들은 죽으러 가는 것이 아니라 희망을 가슴에 가득 담고 떠납니다.

하루 1달러 조금 넘는 돈, 한 달 봉급 50달러를 집으로 보내면 부모님과 어린 동생들이 굶지 않으니까 기꺼이 몸 바치려는 것입니다. 그런 마음으로 전쟁터에 나갑니다.

업셔호에 몸을 싣고

선실 복도에 장병들이 길게 줄을 섰다. 배에는 공간이 한정되어 있어서 무엇을 하든 줄을 선다. 지금은 밥을 먹기 위한 줄이다. 긴 줄의 맨 앞에는 배식이 이뤄지고 있었다. 긴 줄 끝에서 한참을 기다린 허 병장과 김 상병도 밥을 탈 차례가 곧 돌아온다.

허 병장과 김 상병은 먼저와 식사 중인 병사의 식판을 보며 혀를 내둘렀다.

"미국은 얼마나 부자기에 끼니마다 고기야?"

"이때 실컷 먹어 둬! 언제 또 고기를 배 터지게 먹겠어."

김 상병은 침을 꿀꺽 삼켰다. 더 빨리 누구보다 많이 먹고 싶은 마음이 간절했다. 식사 때마다 우유와 과일이 나오는 것은 물론이고, 난생처음 보는 바나나와 파인애플 같은 과일도 준다. 베이컨이라는 돼지고기도 처음 본다. 넓적한 쇠고기 덩어리로 만든 것은 이름은 모르나 먹어서 든든하고 맛이 환상적이다. 게다가 더 환장하게 좋은 것은 막 퍼먹어도 괜찮은 자유배식이라는 거다.

식사를 기다리는 대열이 술렁인다. 대열 중간의 고 병장과 이 병장에게 들려오는 소리가 좋지 않다. 배식이 끝났다는 것이다. 이 병장이 큰일을 당한 것처럼 안달한다.

"우린 아직 냄새도 못 맡았는데 무슨 말이야?"

먼저 온 인간들이 싹 쓸어 먹어 밥이 없다는 거다. 너무나 가혹했다. 이 병장 뒤에 은근슬쩍 새치기 한 신 병장도 가만있지 못하고 한마디 했다.

"에이 씨발. 두 번밖에 못 먹었는데 벌써 끝나? 아무튼 배식은 공평해야 하는데 미국 놈들은 기본이 덜됐어."

고 병장은 어처구니가 없었다. 그는 신 병장의 멱살을 잡으며 이 병장을 불러 말했다.

"이 자식 때문에 밥을 굶게 된 거 아냐. 우리 이놈이라도 잡아 먹자."

파월장병들이 타고 가는 업셔호에는 선수에 하나 선미에 하나 앞뒤 두 군데로 나누어 식당을 운영하고 있다. 식당 하나에서 천 명 가까이 밥을 주어야 하니 아침을 먹고 바로 점심을 먹으려 줄을 다시 설 정도였다. 어떤 때는 점심을 먹는 줄과 저녁을 먹는 줄이 겹쳐서 두 개의 줄이 서기도 했다. 또 어떤 때는 수저가 없어 밥을 못 먹는 경우도 있었다. 먹었으면 수저를 설거지통에 넣고 가

업셔호 식당 안

야 하는데 주머니에 슬쩍 넣고 가버리는 경우가 많았기 때문이다. 스테인리스로 만들어진 미제 스푼을 처음 봐서 그런 일이 자주 발생했다.

세 명이 한바탕 소란을 피우는 가운데, 배를 움켜잡은 병사들이 어디론가 바삐 달려갔다. 그들이 향한 곳은 바로 화장실이었다. 평소에 먹지 못했던 음식들, 특히 기름기가 많은 음식을 급히 많이 먹었으니 탈이 날 수밖에 없었다. 지금껏 풀만 먹고 살던 사람들이 고기를 먹으니 위장이 견디지 못한 것이었다.

선실 침대에 누워 쉬고 있는 동찬에게 고 병장이 무언가 가득 담긴 더플백을 건네준다.

"너 이런 거 본 적 있냐? 이게 말이다…. 관두자. 이거나 잘 챙겨."

동찬은 고 병장의 더플백을 열어 보았다.

"이게 무슨…. 화장지 아니에요?"

"너 알고 있었어?"

"어쩌자고 이걸 선실까지 들고 왔어요?"

두루마리 화장지를 처음 본 고 병장은 너무 신기하여 욕심이 났다. 처음에는 두루마리 하나로 동찬에게 자랑이나 할까 했던 것이 어쩌다 더플백 한 가득이 되고 만 것이었다. 즉, 화장실을 죄다 뒤져 가지고 왔다는 뜻이다.

고 병장은 즐거워 죽겠다는 표정이었다.

"가보면 재미있을 거다. 내가 밥 못 먹은 복수를 하고 왔지."

"장난할 게 따로 있지."

동찬은 투덜대며 화장지를 도로 가져다 두려고 나섰다.

화장실에서 소리는 나는데 바닥에 발은 보이지 않고, 신 병장의 소리만 들렸다.

"야. 누구 휴지 있냐?"

옆 칸에서 볼일 보고 있는 김 상병이 짜증을 낸다.

"여기도 없네. 설사라 그냥 나갈 수도 없는데…."

신 병장도 난감하게 말했다.

"큰일이네, 씨팔…."

동찬이 화장실 문을 열어 화장지를 넣어주었다. 그런데 모두들 좌변기 위에 올라가 쪼그리고 앉아 있었다. 신 병장도 변기에 올라가 쪼그리고 앉아 있다.

* * *

남지나 근해를 지날 무렵이다. 이 지역은 원래 태풍이 잦아 악명 높은 지역이다. 거의 배를 타보지 않았던 장병들은 이어도를 지나 필리핀해협을 통과할 때 이미 뱃멀미로 반은 죽어있는 상태였다. 그 덕에 식당은 밥이 부족하지 않게 되었고, 화장실도 청소를 한 번 하면 하루가 깨끗했다. 이미 반쯤 죽어 있는 놈을 확실하게 보내버리려는지 태풍까지 온다고 한다. 스피커에서 주의사항이 방송됐다.

"기상상태 악화로 롤링이 심하겠으니 장병들은 침대에서 내려와 선실 바닥에 정돈하여 앉아 있기를 바랍니다."

선실에는 기둥이 많이 세워져 있는데, 그 기둥마다 쇠줄로 묶어 세 개씩 여섯 개의 침대를 달은 세트로 되어 있다. 거기에 맨 아래 침대를 들어 올리면 공간이 넓어지게 되어 있어서, 장병들은 침대를 들어 올려 바닥에 내려앉았다.

정돈해 앉아 있는 장병들의 얼굴은 이미 하얗다. 무엇을 한입 가득 물었는지 양 볼이 풍선처럼 부풀어 바늘로 찌르면 터질 것 같다. 배가 십 층 정도로 높이 올랐다가 물속으로 처박히듯 한참을 내려간다. 오를 때는 그런대로 견딜 만한데 내려갈 땐 오장육부에서 토해낼 것 같이 울렁거렸다. 뱃속의 장병들은 모두 하나같이 미치고 환장하겠다는 얼굴이었다.

고 병장도 예외는 아니었다. 옆에 앉은 이 병장에게 멀미를 피할 방법을 물었다.

"야. 이럴 때 거꾸로 서면 되냐?"

이 병장도 말을 하면 토할 것 같은지 입을 열지 않으려고 했다. 참다 참다 못해 입을 막은 손가락 사이로 오물이 분수처럼 튀어나왔다. 결국, 더는 참지 못하고 토를 하고 만 것이다. 좌악하는 폭포 쏟아지는 소리가 들렸다. 그러자 여기저기서 웩웩하는 소리가 선실을 채웠다. 멀미보다 더 지독한 것은 냄새였다. 세상에서 가장 견디기 고약한 것을 묻는다면 아마도 남이 토한 냄새일 것이다.

고 병장도 한계에 이르고 있었다. 한 손으로는 입을 막고 다른 한 손으로는 코를 막고 버틴 고 병장도 더는 참지 못하고 토하고 말았다. 고 병장은 이 상황에도 고 병장다웠다. 자기 앞에 토하면 더러워질까 봐 고개를 돌려 동찬의 다리 사이에 오물을 쏟아 냈다. 그걸 본 동찬은 더욱더 참기가 힘들었다. 자신의 다리 사이에 얼굴을 묻고 토하고 있는 고 병장의 머리 위로 오물을 쏟아냈다. 동찬은 덩치답게 나오는 양도 많았다. 고 병장의 머리에서 오물이 한 바가지 흘러내렸다.

* * *

동찬은 갑판 위로 나왔다. 신선한 바람이 불어왔다. 비릿한 바다내음이 오늘따라 상큼했다. 숨을 한번 길게 들이쉬었다. 가슴이 새로운 공기로 가득 찼다. 이틀 동안 뒤집혔던 속이 해장을 한 듯 한결 편해졌다.

물안개가 서서히 걷히면서 새벽이 찾아오자, 저 멀리 희뿌옇게 월남 땅이 드러났다. 희미한 초록빛이 신비스럽게 보였다. 하얗게 질려있던 얼굴이 제 색깔을 찾아갈 무렵, '내가 왜 이 고생을 하며 여기까지 왔지?' 하는 생각이 들었다.

'전장에 싸우러 왔지.'

곧 정신을 찾았다.

'그러고 보니 저기가 월남이구나! 저기 보이는 저 땅 어느 곳에 발을 딛고 어느 곳을 걸을지, 무얼 먹을지 또 누구와 얼굴을 마주할지 아무것도 정해진 것이 없고, 아무것도 아는 것이 없는 미지의 땅이다. 그러나 나 스스로 가겠다고 지원한 곳이 바로 저기다. 그러나 저곳은 전쟁터. 시도 때도 없이, 정해진 장소 없이 나를 향해 포탄과 총탄이 날아올 것이다. 몸 성히 돌아오라는 부모님의 기대와 군인이며 한 명의 외교관이라는 나라의 임무를 잘해낼지 걱정이 되는 곳이 저곳이다.'

동찬은 갑판 위로 나온 장병들을 둘러보았다. 이들은 모두 월남땅을 둘러보려는 여행자가 아니라 푸른 제복을 입고 계급장을 단 군인으로 저기로 가고 있었다. 우리는 모두 살아 돌아가기 위해 싸워야 한다. 멀쩡한 사지로 돌아가려면 싸워서 이겨야 한다.

'잘해낼 수 있을까? 잘해낼 수 있을까?….'

그렇게 동찬은 몇 번이고 되씹어보았다.

여기가 월남이다

웰컴투 베트남

헬리콥터로 1시간. 아직도 아래는 정글이 펼쳐져 있다. 그렇게 베트남 정글은 넓다. 정글을 가로질러 뱀이 지나간 것 같은 모양의 강물과 그 강가 언저리에 자리 잡은 아담한 집들이 올망졸망하게 촌락을 이루고 있었다. 촌락에서 멀지 않은 곳에는 벼가 심어진 논이 싱그럽게 자리하고 있고, 그 옆으로는 바나나가 심어져 밭을 이루고 있다. 바나나의 넓은 잎들이 넘실넘실 춤을 춘다.

헬리콥터가 지나면 아낙네들이 손을 흔들기도 한다. 비행기에서 보든 안 보든 손을 흔들어 '나는 일하는 사람이오, 총을 들지 않았소.'라는 신호를 보낸다. 강을 따라 형성된 마을을 지나다 보면 저 멀리 사람이 만든 구조물이 눈에 들어온다. 드넓게 펼쳐진 정글의 초록 빛깔에 가운데를 지우개로 지운 것처럼 맨땅이 동그랗게 드러나 있다. 그곳이 바로 헬리콥터의 종착지인 것이다.

헬리콥터가 가까이 다가가자 작게 보이던 인공 구조물이 점점 크게 나타났다. 관망대가 높이 서 있었고, 바로 그 옆으로 물탱크가 놓여 있었다. 관망대와 키 재기를 하듯 물탱크의 높이도 만만치 않았다. 정글의 맨살이 드러난 곳에는 고슴도치처럼 서너 겹의 가시철조망이 둘려 있었고, 철조망 안쪽으로는 사람 키 높이 정도로 둑을 쌓아 두었다. 흙을 쌓아 만든 둑 안으로는 딱정벌레 등껍질과 흡사한 모양의 벙커 20여 동이 자리 잡고 있다. 이곳이 맹호부대 기갑연대 3대대 기지다. 3대대 기지가 붉은빛을 띠고 있는 것이 특징이다. 넓은 연병장을 마사토(화강토)를 밟아서 다졌기 때문이었다.

"다 나와 씨발놈들아. 못 나와. 야 이 병신 새끼들아."

연병장 한가운데서 난동을 피우고 있는 사람이 있었다. 웃통을 벗은 채 소리를 고래고래 지르고 있다. 계급과 신원파악은 할 수 없으나 발달된 근육은 보는 사람을 압도하고 있었다. 벌건 대낮에 어디서 술을 마셨는지 시뻘건 얼굴에 반쯤 고부라진 혀로 말하는데, 말도 위아래가 잘린 토막말이었다. 얼마나 취했는지 이 더운 땡볕에 난동을 부리는 것 자체가 제정신으로 보이지 않았다.

소란을 피우고 있는 자리 북쪽으로 30여m 거리에 위치한 9중대 3소대 벙커지붕 위에 앉아 구경하고 있는 병사들은 처음 일어난 일이 아닌 듯 태연했다.

"저 자식? 또 지랄 났어? 에이 쓰벌놈."

"어젯밤 떡 치러 가다 걸려 깨졌으면 정신 차려야지."

난동을 부리는 주인공은 인 상병이다. 인 상병의 이런 행동은 3대대 병사들의 시선을 끌기에는 충분하다. 이렇게 된 사연도 충분히 시선이 간다.

어젯밤 11시경 일이다.

베트남은 밤도 덥다. '열대야'라는 말 그대로 덥다. 매일매일 그렇게 덥다. 해가 떨어지고 밤 11시쯤 되어야 죽어라고 괴롭히던 열기가 겨우 식는다. 그쯤 되어야 정신이 맑아지고 몸에 기운도 솟고, 겨우 잠을 청할 만해진다. 그리고 그쯤 되면 뜨거운 피를 지닌 젊은 병사들에게는 엉뚱한 힘(?)도 솟기 마련이다. 특별하게 건강한 인 상병에게는 더욱 그렇다.

그 시간대에 다 그러는 것은 아니지만, 일부 대대 병사들은 철조망을 넘어 꽁까이 집을 다녀오곤 한다. 꽁까이란 베트남 아가씨를 일컫는 말이다. 당시 한국 여성보다 세련됐던 베트남 여성들은 한국 병사들의 남심을 자극하기에 충분했다. 그러나 병사들이 꽁까이 집을 다녀오는 것은 쉬운 일이 아니었다. 일단 걸리면 경을 치는 것은 물론이고, 그 집에 가기까지 지뢰가 묻힌 곳을 스스로 건너가야 하기 때문이다.

그 문제의 집은 3대대 기지에서 남쪽으로 500m 남짓 떨어진 곳에 있었다. 독립가옥으로 된 이 집에서는 1불이면 맥주 한 깡통과 여자와의 관계가 가능하다. 피가 펄펄 끓는 젊은이들에게 꼭 있어야 하는 집일 수도 있다.

어젯밤 인 상병이 이 집에 다녀오기 위해 철조망을 넘다 당직사관에게 걸려 뒤지게 깨진 것이다. 철조망을 넘을 때 보초들의 눈을 어떻게 피했는지 궁금해 할 필요는 없다. '눈 감아 주면 맥주 몇 깡통을 주겠다'거나, 아니면 인 상병이 '다녀온 다음 교대하자'는 그런 거래가 있었기 때문에 보초근무자의 총알을 맞을 염려는 없다. 협상이 뭐였든지, 인 상병이 철조망을 나가다 걸렸는지 잘 다녀오다 걸렸는지 모르나 걸리긴 걸렸다. 그래서 영창까지 갈 뻔했다. 하긴 죽음을 무릅쓰고 꽁까이 집을 다니는데 영창이 겁날까.

그는 양손에 수류탄을 들고, 독초를 잘못 먹은 망아지처럼 계속 난동을 피웠다.

"그래 내가 병장에서 상병으로 강등되었다. 니들이 내가 상병이라고 우습게 본다 이거지. 다 죽여 버리겠어. 덤벼."

술기운 때문인지 쉽게 흥분이 가라앉지 않았다. 시작을 했으니 무언가 보여 주어야 한다는 그런 쓸데없는 생각이 인 상병을 붙들고 놓아 주지 않는 것 같았다. 특히 폼에 죽고 폼에 사는 인 상병에게는 그렇다. 수류탄을 양손에 들고 연병장 가운데서 이 정도 깡을 피울 수 있는 사람은 아무도 없다. 이런 남자 중의 상남자인 자신이 깡을 부리면 남들이 먹어주어야 하는데 오늘 따라 반응이 시원찮다. 그렇다 해도 여기서 멈출 수는 없었다. 인 상병은 더 소란스럽게 보이도록 몸짓을 더욱 과장되게 했다. 땀도 비 오듯 흐르고 있었다.

장교 숙소(BOQ)로 당번병이 뛰어 들어갔다.

"소대장님. 인 상병이 또…."

두어 평 남짓한 실내는 어두컴컴하여 잘 보이지 않았으나, 어둠이 눈에 익자 야전 책상 위에 발을 얹고 반 물구나무를 선 자세로 푸시업을 하고 있는 전 중위의 모습이 보였다.

몸을 일으킨 그는 국방색 셔츠를 입고 있었고, 가슴 부분이 땀에 젖어 있었다. 이 순간을 기다렸다는 듯이 일어난 전 중위는 근육을 타고 흐르는 땀을 수건으로 닦았다. 벽에 걸려있던 상의를 능숙하게 걸치고, X 반도와 대검이 달린 탄띠를 허리에 찼다.

'찰칵'하고 탄띠를 찰 때 나는 소리가 당번병에게 오늘은 무언가 일이 벌어질 것이라는 막연한 기대를 갖게 했다. 당번병의 기대 때문인가 전 중위의 어깨에 힘이 잔뜩 들어간다. 분명 오늘은 일이 터질 것 같은 기분이 들었다.

"내가 오늘은 그 자식 못된 버릇을 고치고 만다."

곁에 있는 사람이라곤 당번병 하나뿐인데 속마음인지 들으라고 한 말인지 알아채기 어려운 말을 남기며 BOQ 밖을 나섰다.

인 상병이 누구 눈치나 볼 위인이라면 소란을 피우지 않았을 것이다. 원래부터 얼굴과 심장이 두꺼운 그는 기왕지사 시작한 일을 이쯤에서 끝낼 생각이 없는 것 같았다. 아니면 술이 깰 때까지 계속할 요량인 것 같았다.

"덤벼! 못 덤벼? 에라이 퉤- 이 겁쟁이들아."

소란을 피우고 있는 인 상병에게 검은 그림자가 다가오고 있었다. 인 병장이 얼핏 고개를 돌려 보자, 아무리 흔들어도 흔들리지 않을 것 같은 탄탄한 허리 아래로 수류탄을 움켜쥔 손이 보였다. 인 상병은 자기를 말려줄 누군가를 기다리고 있었는데 완전히 빗나간 계산이었다. 이제 어떻게 할 것인가를 잠시 고민해보았다. 역시 미친 척하는 수밖에 없었다.

미친 짓을 하려면 확실한 또라이가 되어야 한다. 어설프게 미치면 내 밖에 돌아올 것이 없기 때문이다. 한발 한발 다가오는 전 중위를 향해 인 상병은 제대로 미친 척하기 시작했다.

"거기서. 더 오면 깐다. 씨발."

미쳤으니 말도 미쳐서 까자고 나온다. 아랑곳하지 않고 전 중위는 점점 다가왔다. 각진 얼굴에 그린 듯 짙은 눈썹을 한 전 중위의 얼굴에는 표정 변화가 없었다. 평소에는 말이 없어 무겁기만 한 입술에서 굵은 목소리가 새어 나왔다.

"어디 까 봐."

인 상병은 지금 이 순간 시간이 멈춰버려 더 이상 아무 일도 일어나지 않았으면 하고 기도했다. 그 마음은 얼굴에 고스란히 묻어나 있었다. 전 중위는 인 상병이 어떻게 생각하고 있는지, 인 상병에게 곧 무슨 일이 벌어지든지 전혀 관심 없다는 듯 무덤덤하게 밀고 나갔다.

"왜? 못 까. 그럼 내가 까지."

전 중위는 느긋하고 아주 여유롭게 수류탄의 안전핀을 뽑았다. 그러더니 왼손 검지에 안전핀 고리를 끼워 뱅글뱅글 돌리면서 보여 주었다. 인 상병이 잘 보라는 배려였다. 전 중위는 그렇게 시간을 충분히 끈 다음 인 상병에게 선물을 건네듯 수류탄을 밀어 던졌다. 인 상병에게 수류탄이 날아갔다. 그는 잽싸게 배를 깔고 엎드렸고, 동시에 수류탄이 커다란 소리를 내며 터졌다. 시커먼 흙먼지와 함께 수류탄이 터진 자리에는 둥그렇게 흙이 파여 있었다. 그 파인 부분만큼 흙과 모래가 사방으로 흩어졌다.

인 상병은 고개를 들어 입속의 흙을 내뱉으며 중얼거렸다.

"어! 이거 장난 아닌데…."

고개를 좌우로 흔들어 본다. 혹 자신이 수류탄에 다치지나 않았는지 이상 유무를 확인해 보는 것이다. 다행히 다친 곳은 없는 것 같았다. 그는 안도의 숨을 쉬면서 천천히 일어났다. 그런데 바로 앞에 전 중위가 우뚝하니 서 있는 것이 아닌가. 그것도 수류탄 한 발을 더 들고.

인 상병은 더 생각할 필요도 없이 순간적으로 몸을 일으켜 전 중위 반대 방향으로 냅다 뛰어 도망을 쳤다. 달리 다른 방법이 없었다.

중대원들에게 죽어라 도망치는 인 상병과 적당한 거리를 두고 뒤따르는 전 중위의 레이스가 재미난 볼거리였다. 꼭 만화영화 '톰과 제리' 같다. 오랜만에 구경거리다운 구경거리가 벌어진 것이다. 대대 병사들은 좀 더 넓게 보기 위해 벙커 지붕 위로 올라갔다. 그리고 다음에는 어떤 레이스가 펼쳐질지 생각하고 있었다. 보통의 경우라면 과부심정 홀아비가 안다고 같은 병사의 편이 되어 인 상병에게 응원을 했을 것이다. 병사들은 다소 불이익이 따르더라도 장교나 하사관에게 반발을 하고 나섰을 텐데, 지금은 오히려 소대장을 응원하고 있었다.

소리로만 응원하는 것도 아니었다. 여기저기서 휘파람을 불고 박수치는 소리가 들렸다.

"소대장님 파이팅! 아주아주 잘하고 있어요."

인 상병이 평소 얼마나 밉게 보였으면, 한편으로 고소하다. 뭐 그렇다는 것이다.

도망치는 인 상병의 생각은 조금 달랐다.

'내가 머리에 총 맞았냐. 장교에게 개기 게? 진짜 내가 개기는 것을 좋아해서 말썽을 부린 거겠냐고! 병사라고 해서 지들 마음대로 해서는 안 된다는 것을 일러주기 위하여 총대를 멘 것 아니냐? 이 나쁜 놈들아. 이 의리 없는 놈들아.'

이렇게 섭섭한 마음을 곱씹으며 도망을 치고 있다. 봐주고 있는 관중이 있으니 괜히 우쭐한 생각도 들었다.

'너희들 장교와 맞짱 뜨다 좆 빠지게 도망쳐 봤어? 짜식들. 내가 도망치고 있는 것은 장교와 치고받을 수 없어 그런 것이다.'

스스로 위안도 해본다. 그런 생각을 하니 힘도 훨씬 덜 드는 것 같았다. 그런데 한참을 도망을 치고 보니 호흡이 가파졌다.

'내가 이렇게 헐떡이는데…' 하고 뒤를 돌아봤다. 하지만 뒤따라오는 전 중위는 지친 기색이 전혀 없었다. 공포가 밀려왔다. 잡히면 결과가 뻔하다는 생각에 무서움이 몰려왔다. 절대로 잡혀서는 안 된다는 결론이 나왔다.

'그렇다면 더는 못 따라올 곳으로…. 저도 사람인데….'

인 상병에게는 이제 더 팔릴 쪽도 남지 않았다. 여기까지 생각이 미치자 인 상병은 몸을 돌려 방벽선을 단숨에 뛰어넘었다. 전 중위도 역시 가볍게 방벽선을 넘어 따라왔다. 인 상병은 크레모아가 깔려 있는 곳을 요리조리 피해가며 뛰었고, 전 중위도 그 뒤를 바짝 쫓았다.

기지 밖으로 도망가야겠다는 생각이 들자 몰래 나다니던 철조망 개구멍 쪽으로 뛰어갔다. 인 상병이 도망치던 방향을 바꿔 방벽선을 넘을 이유는 지뢰 지역을 염두에 두었기 때문이었다. 천하의 전 중위라도 지뢰 지역까지는 따라오지 못할 것이란 계산이었다. 그렇게 정신없이 뛰다 보니 눈앞에 빨간 글씨가 나타났다.

〈지뢰 지역〉

막상 지뢰 지역이라 쓰인 빨간 팻말을 보는 순간 발에서 힘이 빠졌다.

'그런 계산은 없었는데….'

멈추어야겠다는 생각으로 멈추려는데 이것도 잘 되지 않았다.

지뢰 지역 바로 앞에서 풍차처럼 팔을 돌려 겨우 몸을 세웠다. 몸에 힘이 풀린 나머지 그 자리에 털썩 주저앉고 말았다. 심호흡을 몇 차례 하고 나니 조금은 안정되는 듯싶었다. 그렇게 만든 약간의 여유로 주위를 살펴보자 바로 발 앞에 지뢰가 있는 것을 발견했다. 인 상병은 안도의 미소를 지었다.

'내가 순발력 하나는 타고났지. 딴 놈 같았으면 뒤진 겨!'

스스로 만족하고 있을 때 인 상병의 등 뒤로 검은 그림자가 다가왔다.

등 뒤로 고개를 돌리자 전 중위가 서 있는 것이었다. 그의 얼굴이 굳어졌다.

'그렇게 조금 있었나?'

인 상병은 굳은 얼굴을 피며 애써 미소로 바꾸고, 고개를 옆으로 돌려 앉은 자세로 경례를 올리며 너스레를 떨었다.

"맹호! 소대장님 여긴 어쩐 일로…?"

전 중위는 아예 무시했다.

"긴말 않겠다. 각오는 되어 있겠지?"

변명의 여지없이 바로 얼차려로 들어갔다.

"지뢰를 피해 우측으로 나간다. 우로 굴러 실시."

인 상병은 일단 시키는 대로 우측으로 굴러 나갔다. 얼차려를 받으며 방긋방긋 웃을 수는 없다. 그러나 인 상병의 표정 속에는 아직 더럽게 걸렸다고 쓰여 있었고, 얼차려를 받아들이는 태도 역시 불만이 가득 담겨 있다. 이를 그냥 보고 넘어갈 전 중위가 아니었다.

"동작 봐라. 그런 굼뜬 동작으로 살아 돌아갈 수 있겠나?"

전 중위는 파월장병들의 공통적인 희망 사항을 명분으로 본격적인 얼차려에 들어갔다.

"나는 너를 살려서 귀국시키겠다. 그런 뜻으로 진짜 군인으로 만들겠다."

인 상병도 받을 거 받자는 생각으로 마음을 굳혔다. 하라는 대로 하는 것이 지금의 상황을 빨리 끝낼 거란 계산에서다. 지금부터 고분고분 따르겠다는 말을 몸으로 대답한다. 고양이 앞에 있는 쥐의 자세 말이다.

전 중위도 인 상병이 말하는 무언의 답을 받아들인다. 그러니 이제 시작이었다.

"지금부터 강도를 높인다. 호 안에 수류탄."

인 상병은 개구리가 점프하듯이 제자리에서 높이 뛴다. 그렇게 높이 뛴 다음 1m 옆으로 내리면서 납작 엎드린다. 마치 조금 전 수류탄이 터질 때 했던 동작대로.

인 상병이 뛰고 엎드린 동작을 마치자 전 중위의 다음 구령이 이어진다.

"호 밖에 수류탄."

인 상병은 같은 동작으로 뛰어올라 이번에는 오른쪽에서 왼쪽으로 날아가 엎드린다. 또 전 중위의 구령이 떨어진다. 그렇게 전 중위를 가운데로 두고 인 상병은 오른쪽에서 왼쪽으로 뛰어올라

1m 쯤 날아가 엎드리기를 계속했다.

30여 차례가 계속되자 인 상병의 얼굴은 일그러졌다. 이어 20여 차례가 더 이어지자 인 상병은 더 이상 개구리처럼 뛰지를 못하고 두꺼비처럼 엉금엉금 기어 다녔다. 그러자 전 중위가 입을 열었다.

"힘들면 좀 쉬게 해주겠다."

인 상병은 할 만큼 했으니 끝내려나보다 라고 생각했다.

"박어."

김이 빠졌다. 머리를 땅에 박는 원산폭격이 시작된 것이다. 인 상병은 이 상황을 뭐라고 설명해야 할지 머릿속이 복잡했다. 선과 악의 헤게모니 쟁탈전인가? 아니면 겨우 상병 주제에 계급과 서열이 분명한 군대라는 거대한 바위에 헤딩하려고 한 것은 아닐까?

파김치가 된 인 상병 머리 위로 다시 전 중위의 지시가 떨어졌다.

"쉴 만큼 쉬었으면 다시 일어나 뛴다. 일어나."

인 상병은 일어나 개구리처럼 뛰어올랐다 내려오면서 전 중위 앞에 쿵 소리를 내면서 꿇어앉았다. 그리고는 울먹이며 사정했다.

"잘못했습니다."

* * *

3대대 기지 헬리콥터 이착륙장은 대대 정문 왼쪽으로 대대 기지

헬기만 보면 그 앞에서 기념 사진 찍는 파월병사

보다 서너 배나 더 크게 버려진 땅이다. 토질이 나빠 키 작은 잡목 몇 그루와 약간의 풀밖에 자라지 않아 기지를 경계하기에는 아주 그만인 곳이다. 그런 빈 터를 3대대는 간혹 훈련장으로 활용하기도 한다. 어떤 때는 근처의 동네 아이들이 열서너 마리 정도 되는 소를 몰고 와 풀을 뜯고 가는 한가한 땅이다. 소 풀을 뜯기는 아이들이 주인인지, 헬리콥터가 이착륙장으로 쓰는 3대대가 주인인지는 딱히 알 수 없는 빈 공터다.

그 공터 한쪽에 흰 페인트를 칠한 주먹만 한 돌을 얕게 쌓아 지름이 대략 십여 미터 정도 되는 동그란 원을 그리고 그 원 안에 'H'자를 표시해 놓았다. 그래서 헬기장이라 부른다.

그 헬기장에 방금 헬리콥터가 다녀갔다. 헬기가 막 떠나간 뒤라 흙먼지가 가득하다. 흙먼지 속에서 나타난 이들이 있었다. 기동찬, 고 병장, 허 병장, 이 병장, 신 병장, 김 상병이었다. 이들은 더플백을 하나씩 메고 어물거리고 있었다. 낯설고, 안내하는 사람이 보이지 않았기 때문이다.

이때 먼지 너머에서 사람의 소리가 들려왔다.

"동작 봐라."

군대에서 '동작 봐라.'라는 말이 나오면 일단 불길한 징조다. 이 소리는 너희들 태도가 마음에 들지 않는다는 것을 무게 있게 시비를 걸고 있다는 뜻임을 경험으로 알고 있었다. 소리가 나는 쪽으로 전입 신병들의 고개가 돌아갔다. 그는 러닝셔츠 차림이었다. 계급장이 달려 있지 않았으나 때가 때이니만큼 관계자로 인정할 수밖에 없었다.

소매를 떼어낸 팔 없는 셔츠가 색까지 바래있어서 척 보기에도 높은 계급으로 보였으며 말투도 장난이 아니었다. 더구나 몸도 아주 좋았다. 울퉁불퉁한 근육이 일단 기를 죽이게 만들었다. 근육맨은 전입 신병들과 눈이 마주치자 가슴 근육을 실룩거리며 겁을 주기 시작했다.

"빠져 가지구. 그래서야 살아 돌아갈 수 있겠나? 차렷."

동찬을 포함한 신병 6명은 잘못 만났다 싶었다. 그럼에도 근육맨의 지시를 따르는 이유는 1년을 있어야 할 근무지에서 처음부터 잘못 보여 고생하지 않기 위해서고, 상식적으로 신병들을 인솔하거나 맞이하는 일은 하사관 이상이기 때문이다. 머릿속으로 그 정도를 생각하고 있는데, 생각이 미처 끝나기도 전에 얼띤 허 병장이 차렷하랬다고 냉큼 차렷을 해버려서 다들 따라 하게 되었다. 그러니 동작이 각자 틀릴 수밖에. 이를 근육맨이 시비를 걸고 나왔다.

"제대로 못 하지. 박어!"

한 성깔 하는 고 병장도 이 근육질 러닝셔츠의 카리스마에는 못 미치는 모양이다. 텃세라는 것이 그런 것 아닌가. 똥개도 제집에서는 반을 먹고 들어가니까. 신병들은 근육맨의 지시에 따라 어설프게나마 머리를 박게 되었다. 이번에도 허 병장이 머리를 박자 다 같이 얼떨결에 머리를 박고 만 것이다. 신병들이 모두 머리 박기를 하자 근육맨은 속으로 쾌재를 불렀다. 재미있어 죽겠다는 표정까지는 이해가 가지만 이쯤에서 판을 접으려는 생각은 없는 것 같았다. 오히려 한층 더 나아간다. 얼굴을 마주 보고 있는 것도 아니니 허세도 맘껏 부린다.

"나는 3대대가 자랑하는 최고의 용사다. 그러니 대가리 박아를 좀 시켰다고 억울해하거나 눈물을 짤 필요는 없다. 그냥 나를 먼저 만난 것을 영광으로 알아라."

인 상병이다. 인 상병은 자기가 전 중위에게 혼쭐이 난 일을 잊었는지, 아니면 그 일을 복수하려 한지는 알 수 없으나 쉽게 멈출 생각이 없는 것 같다.

"박은 자세로 군가 한다. 군가는 진짜 사나이. 반동은 좌에서 우로. 반동과 함께 군가 시작! 하나. 두울."

신병들의 궁둥이가 좌에서 우로 반동이 시작되고 군가 진짜 사나이를 시작한다.

"사나이로 태어나서 할 일도 많다만…."

신병들은 마지못해 군가를 부르고 있지만 속으로는 이를 갈고 있었다. 군가 가사 그대로 할 일도 많은데 이게 무슨 짓이란 말인가? 정말 기분이 더러웠다. 전투지에서 서로 믿고 의지해야 할 전우에게 첫 인사치고 너무한다 싶었다.

인 상병은 신병들의 이런 기분을 감지했는지 눈치채지 않도록 슬며시 자리를 피했다. 원래 신병을 맞이하는 일은 대대 인사과 서무계를 맡고 있는 김 하사의 일이었다. 김 하사가 약간 늦게 헬기장으로 온 사이에 이런 사단이 나고 만 것이다.

김 하사는 누군가가 신병들에게 장난쳤다는 사실에 조금은 미안해하며 이들을 불렀다.

"너희들 뭐하고 있는 거야? 일어나."

신병들은 속았고, 망신까지 당했다는 것을 누구보다 확실히 알았다. 안 그래도 더운데 당했다고 생각하니 머리에 김이 올랐다. 고 병장은 이를 갈았다. 더플백을 발로 짓이기면 분을 삭였다.

"개새끼 잡히면 죽었어."

* * *

숙소벙커 지붕 위에 앉아있는 장병들

어둠이 내렸다. 관망대에서 3대대 기지를 내려다보면 방벽선을 따라 모양이 비슷비슷한 벙커들이 시꺼멓게 누워 있다. 신병들은 소대배치를 받고 이동 중이었다. 더플백을 멘 신병들이 9중대 본부 벙커에서 1소대 벙커로 들어가고 있었다.

벙커 안에는 꿉꿉한 냄새가 코를 찌른다. 환기가 잘 안 되는 반지하인 탓에 땀 냄새, 발 냄새 등이 밖으로 나가지 못하고 머물러 있다. 그러나 벙커 주인들은 냄새에 개의치 않는다. 조금만 지나면 코가 마비되어 맡지 못하기 때문이다. 벙커 복도 가운데 선 한 병장이 소대장 이 중위를 보고 반갑게 경례를 했다. 그 뒤로 고 병장, 이 병장, 허 병장, 동찬이 들어왔다.

"쉬어."

이 중위는 소대원들을 죽 둘러보며 점호를 실시했다.

"머릿수 맞고, 팔다리 잘린 놈도 없다. 오늘도 무사하다. 이상 점호 끝."

소대장은 그렇게 자기 일을 정확히 하고 뒤로 돌아서며 신병들에게 당부의 말인지 주의인지 그런 주문을 한다.

"월남에선 월남 짬밥 순이다. 그렇게 알고. 인사를 나누도록."

로마에서는 로마법을 따르라는 의미다. 이 중위는 신병들에게 그보다 좀 더 깊은 뜻을 두고 한 말이었다. 해석하자면 이렇다. 군대는 계급과 서열로 지켜진다. 왕년에 힘써 보지 않은 사람 없다 하더라도 어느 정도 텃세는 받아들이라는 말이다. 그런 다음 한 병장에게 방향을 돌려 주의를 준다.

"참! 한 병장. 적당히. 알겠나."

신고를 받긴 받되 말썽이 일어나지 않을 선에서, 그리고 문제가 생기면 니들 책임이니 알아서 하라는 말이다. 신고식을 함에 있어 주의가 필요할 정도로 말썽이 날 수 있다면 소대장은 신고를 못 하게 해야 한다. 그런데 적당한 선을 말하며 인정을 해주는 것은 왜일까? 그것은 전투병들에게 있어서 목숨을 지키는 효과적인 방법은 전투경험자들과의 융화된 단단한 팀워크를 가지는 것이다. 전투경험과 위계질서는 바로 목숨을 지키는 것과 같기 때문에 적당한 범위라면 기를 쓰고 말릴 일이 아니다.

한 병장이 이에 분명하게 대답했다.

"예. 사정없이 이뻐만 하겠습니다."

그러더니 이 중위를 떠미는 시늉을 한다. 이는 '소대장님 눈치 없이 웬 말씀을 길게 하십니까? 빨리 자리를 비켜 주세요.'라고 강요하는 몸짓이다.

소대장이 벙커 밖으로 나가자 한 병장은 한껏 무게를 잡으며 신병들을 잡아 나간다. 신고식에 있을 수 있는 불상사를 사전에 차단하기 위해 못을 박는 말로 신고는 시작된다.

"소대장 말씀대로 여기 위계질서는 월남 짬밥 순이다. 자. 신고를 받겠다. 시작해."

한 병장의 말은 매끄러웠다. 신고식을 많이 진행해 본 말솜씨다. 한 병장이 신고식을 맡았다는 것은 소대원들의 기대치를 충족시켰었다는 전과(?)가 있고, 그가 신고를 받는 탁월한 능력을 발휘함으로써 소대원들이 얻는 것이 있기 때문이다. 그렇다면 무슨 능력일까?

그 능력을 발휘하기도 전에 예기치 않은 문제가 발생했다. 신병 한 명이 신고를 할 수 없다고 나온 것이다.

"나와 이 병장은 제대 말년 군번이다. 대우를 해라."

고 병장이 나섰다. 그의 주장은 이랬다.

'호랑이는 어디 가도 호랑이다. 산을 넘었든 바다를 건넜든 호랑이다. 그리고 굶어 죽어도 풀을 먹지 않는다. 내가 바로 그 호랑이인데 네놈에게는 호랑이로 보이지 않느냐는 거다. 아무리 법이 세다고 해도 예외는 있다. 복무기간 36개월 중에서 30개월이 지났으면, 준장 소장 중장 대장 그리고 병장으로 같은 장군 반열이다. 그런데 왜 일 이등병처럼 신고하라는 것이냐, 니가 나라면 그런 신고놀음에 춤을 출 거냐? 그러니 예우할 것은 하고 저 애들이나 데리고 놀아라!'

순간 분위기가 조용해졌다. 소대원들은 자그마한 놈이 간을 빼놓고 배를 탄 모양이라고 생각했다. 안 그러고서야 이렇게 경우없이 나올 수가 있겠는가?

가장 화가 난 사람은 한 병장이었다. 엄숙한 신고식에 토를 달고 나오는 놈이 있다는 것은 전통을 중시하는 막강 육군의 기강에 흠집을 내는 행위이다. 이와 동시에 전 파월 장병들의 드높은 위상에 헤딩하는 것이고, 특히 자신을 무시하는 처사였다. 그래서 당연히 응징을 해야 한다고 생각했다. 자신이 누구인가 소대 고참들로부터 신고 하나는 똑 부러지게 받는다고 인정받는 천하의 한 병장이지 않은가?

한 병장의 자존심을 구기는 것은 한가지가 더 있었다. 덩치나 큰 놈이 기어오르면 덜 창피한데, 한주먹거리도 안돼 보이는 놈이 노골적으로 덤빈다는 사실이다. 속이 뒤집어질 대로 뒤집어져서 참을 수가 없었다.

"어디서 좆만 한 놈이 개겨요. 이걸 그냥 확!"

한 병장이 고 병장에게 한발 다가가 손가락으로 눈을 찌르려는 시늉을 하는 순간, 그대로 복도 바닥에 내팽개쳐지고 말았다. 덩치로 보면 고 병장이 나가떨어져야 하는데 복도바닥에 큰 '大' 자로 뻗어있는 사람은 한 병장이었다. 만약 이 장면을 보지 못하고 소리로만 들었다면, 한 병장이 자그마한 고 병장을 죽이는 것으로 오해할 수도 있을 것이다.

고 병장은 바닥에 누워있는 한 병장에게로 가 내려다보며 호통쳤다.

"너 이 새끼 군번 몇 번이야?"

한 병장이 '컥컥' 가래 끓는 소리를 토해내며 고통스러워했다.

작살난 체면이 등짝만큼 아팠다. 정말 눈 깜빡할 사이에 벌어진 일이었다. 그러나 이걸 보고 가만히 있을 소대원들이 아니었다. 가만히 구경만 하고 있다면 그건 전우가 아니기 때문이다. 누가 먼저라 할 것 없이 십여 명이 자리에서 벌떡 일어나 고 병장을 덮치려 몸을 날렸다. 고 병장도 소대원들의 흥분을 어느 정도 예상하고 있었으나 이렇게 대응이 빠를 줄은 몰랐다. 살짝 당황은 했으나 그렇다고 도망갈 데도 없고, 싸워봤자 전혀 승산은 없고, 달리 방법이 없었다.

고 병장은 이제 좀 맞아주면 되겠구나 하고 마음을 비워둔 상태였다. 그의 얼굴에 주먹이 송곳으로 찌르듯 꼽혀 들어왔다. 비겁하게 절대 피하지 않겠다는 의지로 눈을 똑바로 뜨고 있었다. 그 때였다.

"동작 그만."

벙커 안의 시간을 정지시킨 듯 소대원들의 동작이 바로 멈추었다. 놀란 사람은 고 병장이다. 그리 큰 목소리도 아니고 나직하게 '동작 그만'이란 짧은 한마디로 소대원들을 멈추게 하다니 놀라울 따름이었다. 목소리의 주인공을 찾는 건 어렵지 않았다. 소대원들의 시선이 집중된 곳을 따라가니 관물대에 기대고 있는 한 사람에게 눈길이 머물렀다. 군살 하나 없이 딴딴해 보이는 사람이었다. 그런데 또 옆에 눈길이 가는 사람이 하나 더 있었다. 소란이 있는 와중에도 미동도 하지 않고 조용히 앉아 시퍼런 정글도를 헝겊으로 닦고 있는 인물이었다. 이 둘에게는 위압감이 흐르고 있었다.

천하의 고 병장도 이 두 사람은 무시할 수 없을 것 같았다.

조용히 앉아 있던 그가 다시 차분한 목소리로 말했다.

"정말 치고받을 거냐? 같이 고생할 전우끼리 험한 꼴을 보여서 쓰나."

일촉즉발의 순간이 이 한마디로 정리됐다. 고 병장을 덮치러 나선 소대원들은 쓰다 달다 군소리 없이 산뜻하게 자기 자리로 돌아갔다. 고 병장은 손을 내밀어 넘어진 한 병장의 손을 잡아 일으켜 주었다.

남은 건 고 병장과 이 병장의 대우 문제였다. 곽 병장이 교통정리를 끝냈다.

"다른 건 몰라도 말년이라면 대우를 해야지. 말년과 소대 왕고는 튼다. 두 명은 이리 올라와."

고 병장과 이 병장이 곽 병장에게로 가 악수를 나눴다. 손이 닿지 않는 소대원들과는 가볍게 우선 눈인사를 나눈다.

아직 신고식이 끝난 것은 아니었다. 허 병장과 기동찬이 남아있었다. 한 병장은 이 두 사람에게 시선을 돌렸다. 둘은 자신들에게 불똥이 떨어질 것 같아 좌불안석이었다. 한 병장은 그래도 고 병장에게 자존심을 구겼다는 생각을 떨칠 수 없었다. 그는 눈에 힘을 잔뜩 주고 고 병장을 노려보며 곽 병장에게 볼멘소리를 했다.

"왜 말리십니까? 내 저 새끼를…."

평소 곽 병장은 이런 일에 나서지 않았었다. 그러나 오늘은 나섰게 되었으니 마무리도 지어 줄 수밖에 없게 되었다.

그는 한 병장에게 옅은 미소를 띠며 말했다.

"제들 신고 안 받을 거야?"

망신당한 일을 만회할 수 있는 기회가 주어졌다. 허 병장과 동찬을 보는 한 병장의 눈빛이 살벌하게 변했다. 마치 사냥감을 발견 한 매의 눈 같았다.

'그래. 이놈들에게 무언가를 보여 주어야 돼.'

마음을 단단히 먹고 다시 어깨에 힘을 주며 신고를 받겠다고 나섰다. 허 병장과 동찬은 이미 살벌한 분위기를 느끼고 다시 자세를 고쳐 앉았다. 보통 신고식이라는 것은 받는 입장에서는 트집을 좀 잡아 앞으로 말을 잘 듣게 하는 것이 목적이고, 신고를 하는 쪽에서는 터줏대감의 요구를 들어주어 앞으로 잘 좀 봐달라는 그런 의미를 담고 있다. 그러니 두 사람의 자세에 힘이 들어갈 수밖에 없는 것이다.

다음 차례는 허 병장이었다. 차렷, 경례까지는 잘했는데 한 병장이 제동을 걸었다.

"너. 모자 똑바로 못 써."

허 병장은 모자를 삐딱하게 쓰고 있다. 더 삐딱한 것은 허 병장의 대답이었다.

"예. 머리에 뿔이나 그렇습니다."

허 병장의 대꾸에 한 병장은 어이가 없었다. 그러자 허 병장이 모자를 벗어 한 병장에게 가까이 머리를 디밀어 보였다. 정말 머리에 뿔이 나 있었다.

놀란 한 병장은 잘못 본 것은 아닌지 의심이 들어 눈을 비비고 다시 허 병장의 머리를 보았다. 다시 보아도 정말 허 병장의 머리에 뿔이 나 있었다. 그는 진짜로 놀라 한걸음 물러서며 외쳤다.

"도깨비다!"

놀라 나자빠지는 한 병장에게 허 병장은 단호하게 말했다.

"사람입니다. 논산 훈련소에서 기합 받다 생긴 겁니다."

도깨비 하면 대표적으로 떠오르는 두 가지가 있다. 하나는 도깨비 방망이이고, 두 번째는 도깨비 뿔일 것이다. 방망이야 놓고 다닐 수 있다 쳐도, 뿔은 떼어 놓고 다닐 수 없다. 허 병장의 머리에 선명하게 있는 바로 그것이 도깨비 뿔이라는 것이다. 한 병장은 도깨비라고 생각하는데 허 병장은 아니라고 말한다.

"이 뿔은 진짜 도깨비 뿔이 아니라 군대에서 만들어 준 훈장입니다. 훈장!"

허 병장이 훈장이라고 우기는 통에 소대원들은 그 연유를 물어보았다.

훈장을 받게 된 이야기는 이랬다.

논산 훈련소에서 훈련을 받았을 때의 일이다.

훈련소에서 지낸 지 두 번째 되는 금요일 저녁, 내무반장이 점호를 취하면서 다정한 어투로 이런 말을 하였다.

"내일은 토요일이다. 나는 오랜만에 외박을 나간다. 나가서 너희들의 편지를 붙여 줄 예정이다. 사전 검열 없이 편지를 못 부치게 되어있지만, 훈련을 받느라 수고하는 보답으로 집에 편지를 부쳐달라는 부탁까지는 들어주겠다. 편지들 써라. 그리고 하룻밤 나 없더라도 사고 치지 말고."

내무반장의 말은 표면 그대로 부모님께 훈련을 잘 받고 있느니 걱정하지 마시라는 안부 편지를 쓰라는 뜻이 아니었다. 직접적으로는 드러나지 않았지만, 속에는 아주 깊은 뜻이 들어있었다. 부모님께 돈 떨어졌으니 보내달라는 편지를 쓰라는 것이었다. 원칙적으로는 그런 내용이 담긴 편지는 쓸 수가 없다. 그러니까 밖에 나갈 때 부쳐준다는 것이고, 그렇게 되어 돈이 좀 오게 되면 자신의 몫도 포함되어 있다는 의미였다. 결국, 이러한 특혜를 베푸는 만큼 자신의 외박 경비를 좀 조달하라는 뜻이었다.

어쨌든 간접적으로 언질을 해 놓고는 외출 때 입고 나갈 잘 다려진 군복을 내무반장실 문 앞에 걸어 두었다. 내무반장의 군복은 풀을 먹여 다린 주름에 손이 베일 듯 각이 제대로 서 있었다. 훈련병들은 생각했다.

'지가 외박을 나가면 나갔지 누구 약 올릴 일 있나.'

그 속에 담긴 참 의미는 꿈에도 생각하지 못한 채 무심히 넘겼다.

다음날인 토요일 밤, 내무반장이 외박 도중에 돌아왔다. 그는 잔뜩 화가 나서 들어와 훈련병 주제에 내무반 불침번을 잘 못선다는 등 별 트집을 다 잡아 단체 기합을 주더라는 것이다. 그러자 이야기를 듣고 있던 소대원들 중 몇 명이 소리쳤다.

"야! 누구는 왕년에 단체 기합 안 받아 본 사람 있나."

"말도 마십시오. M1 소총 노리쇠에 머리를 박고 한 시간 있어 봐요."

"그럼 머리가 들어가지."

고참 중의 한 명이 자신도 노리쇠에 머리를 박아 보았는지 장단을 맞춰 주었다.

도깨비 뿔의 사유는 계속 이어졌다. 그렇게 M1 소총 노리쇠에 머리를 박고 한 시간이 지나자 그 날은 머리뼈가 푹 들어가고, 이틀 뒤부터는 들어간 만큼 다시 튀어나오더니 그대로 굳어 버렸다는 것이다. 그래서 생긴 뿔이라고 한다.

이 말을 듣고 있던 분대장이 거들었다.

"야! 등신아! 풀 먹인 옷 주머니에 외박비를 걷어 넣었으면 뿔은 안 났을 거 아냐."

"히히히! 그때는 그걸 알았나요."

"허허허! 좌우간 같은 하사지만 그 자식 너무했네."

한 병장은 이 인간이 뿔이 날 만큼 기압을 받았다면 무지무지한 고문관인데 앞으로 보통 문제가 아닌 것 같다는 생각에 고개를 흔들었다. 그러더니 '참' 하면서 자세를 바로 한다. 정신을 차린 모양이다.

"니가 도깨비든 꼴통이든 상관없다. 지금 중요한 건, 너희들에게 누나나 예쁜 여동생이 있느냐는 거다."

한창 말을 나누고 있던 허 병장을 지나 동찬 앞에 서서 말에 힘을 주며 이야기를 이어가고 있었다.

"누나가 있으면 6개월이 편할 것이고, 예쁜 여동생이 있으면 귀국할 때까지 해피할 것이다."

말이 끝나자마자 허 병장이 손을 번쩍 들었다. 한 병장은 오래 살다 보니 별 미친놈 다 보겠다는 시선으로 응수하고는 들고 있는 손을 내려주며 말했다.

"너는 있어도 없는 거다."

한 병장의 실망은 컸다. 키가 훌쩍한 동찬에게 그럴듯한 여동생이 있다면 금상첨화인데 미동도 없었다. 답답한 나머지 먼저 확인에 들어갔다.

"없어?"

동찬에게서 반응이 없었다. 한 병장은 삶에 의욕마저 없어졌다는 듯 고개를 푹 숙였다. 그 사이 허 병장은 자신의 상의 윗주머니에서 사진을 꺼내어 한 병장에게 들이밀었다. 얼핏 보아 여자 사진이었다. 한 병장은 일단 여자니까 봐주겠다는 마음에 자세히 보았다.

한 병장은 눈이 커졌다. 잘못 본 것은 아닌가 눈을 비비고 다시 본다. 그렇게 한참을 넋이 나간 사람처럼 사진을 들여다보더니 중얼거린다.

"이쁘다."

다시 사진을 뚫어지라 보더니 기쁨에 벅차올라 소리쳤다.

"천사다!"

한 병장은 너무 감격한 나머지 사진을 가슴에 안은 채 뒤로 넘어갔다. 소대원들은 한 병장의 반응에 망설임 없이 허 병장에게로 가 이렇게 불렀다.

"처남."

너도나도 할 것 없이 소대원들은 허 병장에게 처남이라 부르며 달려들었다.

곽 병장의 숨소리에도 질서가 잡히던 소대원들이 예쁜 여자 문제에는 영향력이 없다는 사실로 드러났다. 사진을 들고 누워있던 한 병장이 허 병장에게 달려드는 소대원들에게 수없이 밟혔다.

* * *

그 시각 3대대 식당 건물에서는 취사반 터줏대감 송 병장과 오늘 취사반으로 전입 온 신 병장의 결투가 이루어지고 있었다.

3대대 식당 건물은 대대 지휘부 건너 네 번째에 위치한 건물이다. 나무로 지어진 창고형 건물로 조리실과 긴 식탁이 들어선 넓은 홀이 있고, 그 옆으로 숙소 등 3칸이 나뉘어 있었다. 지붕은 함석으로 덮여 있어서, 바람에 날아갈까 봐 모래 자루를 드문드문 얹어 놓았다. 대대에 있는 다른 건물들과 차이가 나는 것은 지붕에 수증기를 빼내는 환기시설이 크게 있다는 것이다. 그래서 식당건

대대 취사반 건물

물은 한 눈에도 알아본다.

취사반 조리실 안에서 두 사람의 대화가 오가고 있었다. 대화 소리보다는 두 사람의 기 싸움이 더 치열했다. 도마 위에 여러 자루의 칼이 놓여 있는 조리대를 사이에 두고 송 병장과 신 병장은 팽팽한 김장감 속에 대화를 이어가고 있었다.

취사반 터줏대감 송 병장이 칼을 휘두르는 동작을 하며 목소리를 낮게 깔고 물었다.

"짬밥들 신고 방법은 알고 있겠지?"

칼을 휘두르는 동작과 말투가 사무라이 소설에 나오는 주인공 같았다. 이에 비해 마주 선 신입 병사는 큰 덩치를 가졌지만 덩치답지 않게 조심스럽고 자중하는 모습이었다.

"알고 있다."

신 병장이 거침없이 대꾸했다. 반말로 대답했으나 어쨌든 방문자 입장이니 겸손은 벗어나지 않았다. 송 병장은 새로 온 놈이 빨리 꼬리를 내리지 않고 자신을 맞서고 있다는 데에 기분이 상했다.

말로 끝낼까 했는데 끝까지 맞선다고 하니 신입에게 시간을 줘서 저절로 승복하게 만들겠다는 작전이었다. 그래서 송 병장의 말이 길어졌다.

“짬밥 전통에 따라 승부가 냉혹하다는 것도 알고 있겠지?”

신 병장의 생각은 달랐다.

“맹호에서는 승부를 말로 하냐?”

제대로 승부를 내자고 보챘다. 송 병장은 신입이 꼬박꼬박 대꾸하는 것이 얄미웠다. 그렇다고 승부를 하지 않을 생각은 아니었다. 자신의 홈그라운드에서 벌어질 싸움이니 당연히 이길 자신이 있었다. 또 이렇게 뻔히 이길 싸움에서 단박에 이겨 승부를 끝내기보다는 윗사람답게 아량을 베풀어야 신고가 끝나도 덜 서먹서먹하기 위해 여유를 부리고 있는 것이었다. 송 병장은 도마 위의 칼 중에서 자기 손에 맞는 칼을 골라 쥔 다음, 신 병장에게 눈짓하며 말했다.

“너에게 싸울 무기는 빌려 주겠다. 자 칼을 골라라.”

역시 취사반에서 제일 높은 사람답게 아량도 넓었다. 하지만 신 병장은 도마 위의 칼은 거들떠보지도 않고, 더플백 속에서 하얀 광목으로 싼 칼을 꺼냈다. 칼에 덮여있던 광목천을 걷어내자, 널찍하고 두툼한 칼이 드러났다. 주로 중국집 주방에서 사용하는 네모지고 무식하게 생긴 칼이었다. 신 병장은 칼을 앞에 꺼내두고 무슨 의식이라도 하듯이 손을 풀고 몸을 풀어나갔다. 그리고는 칼을 들어 도마에 꽂았다.

도마에 꽂힌 칼에 송 병장의 눈이 휘둥그레졌다. 도마 위에 정렬되어 있던 칼들을 모두 합쳐도 신 병장의 칼 하나에 못 미칠 것 같았다. 여태 자기 칼이 최고인 줄 알았으나 그게 아니었다. 마치 대장간의 이빨 빠진 칼과 관우의 청룡도를 놓고 비교하는 기분이었다. 송 병장의 기세가 한풀 꺾여 풀이 죽었다. 난감한 기색이 역력했지만 그래도 마음을 다잡았다. '칼이 크다고 꼭 이기는 것은 아냐'라고 생각했지만 찜찜한 건 어쩔 수 없었다. 신 병장은 머뭇거리고 있는 송 병장에게 '니가 시작한 일이니 마무리 짓자'고 채근했다.

"결투. 시작하지?"

지금까지 내려오는 취사반의 전통이 있다. 바로 결투로 승부를 가리는 것이다. 송 병장은 신 병장과의 결투가 내키지 않았지만 결국 응하기로 했다.

"좋다."

신 병장이 도마에 꼽힌 칼을 뽑아들고 가볍게 칼 놀림을 한다. 송 병장도 오른손에 들고 있는 칼을 왼손으로 옮겨 들고 다시 왼손에서 오른손으로 옮겨든다. 그렇게 몸을 풀고는 마주 보며 결투 자세를 취했다.

결투는 육회 만들기였다. 송 병장은 등이 휜 재래식 부엌칼을 사용하여 무채를 썰기 시작했다. 무채의 크기가 일정하고 속도도 제법 빨랐다. 가히 3대대 짬밥장을 맡고 있을 만한 솜씨였다. 그런데 신 병장의 손놀림이 예사롭지 않다.

무를 채썰기 크기로 자른 다음 손으로 들고 얇게 빗겨내기 시작했다. 도마 위에 떨어진 무가 얼마나 얇은지 투명하게 보일 정도였다. 손의 움직임은 눈이 따라가기 힘들 만큼 빠르고, 얇게 빗어진 무채는 도마 위로 수북하게 쌓여갔다.

순식간에 육회 두 접시가 완성됐다. 신 병장 앞에는 명주실처럼 가느다란 무채 위에 탱탱하게 살아있는 소고기가 얹혀진 육회 접시가 놓여있었다. 먹기에는 아까운 예술품 같았다. 송 병장은 자신 앞에 놓인 육회 접시와 신 병장의 육회를 번갈아 보고는 짧은 탄성을 내었다. 그리고는 조금의 망설임도 없이 자신의 패배를 인정했다.

"졌다."

승부는 언제나 승자와 패자가 있다. 이긴 자에게는 그만큼의 보상이 있고, 패자에게는 복종이라는 의무가 따른다. 그래서 사람들은 승자의 자유를 누리기 위해 싸워 이기려는 것이다.

신 병장은 고릴라처럼 가슴을 탕탕 치며 선언했다.

"아그들아. 지금 이 시간부터 기갑 3대대 취사반은 내가 접수한다."

신 병장이 3대대 취사반장이 되고 처음 한 일은 질문이었다.

"야. 송 병장 3대대에는 웬 칼이 그렇게 많아?"

송 병장의 대답은 역시 군인다웠다.

"칼이 없다는 이유로 식사시간이 늦어지면 작전에 지장을 줄 수 있기 때문이다."

칼은 바로 취사병의 전투력이었다.

* * *

월남 신병들이 9중대로 전입 온 지 2주가량 지났다.

가만히 누워 있을 때 몸이 위로 치솟았다 내려오던 뱃멀미의 후유증도 이제 막 벗어났다. 대대 생활도 익숙해졌다. 매일매일이 같은 일상생활이어서 이제는 눈 감고 다녀도 어디 부딪치거나 교통호에 빠지는 일 없이 다닐 정도였다. 그런데 먹는 문제만큼은 익숙해지지 않았다.

아침은 군대된장을 묽게 풀고 대팻밥 같은 돼지 삼겹살을 넣고 끓인 니글니글한 국과 훅하고 불면 날아갈 듯 끈기가 없는 안남미 밥이 나온다. 점심에는 역시 멀건 된장국물로 끓인 물소고기 국이다. 물소고기는 삶으면 삶을수록 생고기 빛이 나서 보기에도 징그럽다. 질기긴 왜 그리도 질긴지, 고기니까 몇 번 씹어보다 뱉어버리기 일쑤다.

병사들은 밥을 먹는 것은 고사하고 보기조차 싫을 정도였다. 그나마 다행인 것은 저녁 식사는 먹을 만하다는 것이다.

저녁에는 김치가 나온다. 그렇다고 전투지에서 김치를 담가 먹는 것은 아니다. 김치 통조림을 국에 넣어 끓인 것을 말하는 것이다. 삼시세끼 먹으면 더 좋겠지만 그럴 수는 없었다.

김치 통조림을 베트남에 파병된 국군에게 공급하기에는 여러 가지 어려운 상황이 많았기 때문이다. 당시 국내 실정으로는 깡통조차 제대로 생산하지 못했다. 그래서 처음에는 깡통에 녹이 슬어

모조리 버려야 했다. 그림의 떡이 되었으니 원성만 커져갔다. 장병들에게 김치를 먹을 수 있다는 기대감만 높여놨기 때문이다.

더구나 김치를 깡통에 넣어 상하지 않게 하는 가공기술이 없었다. 그렇게 깡통에 녹이 슬지 않고 어렵사리 공급된 김치도 만만히 먹을 수는 없었다. 뚜껑을 열면 김치 깡통에서 내쏘는 가스에 눈을 뜰 수가 없을 지경이었고, 또 엄청나게 시어 터져서 그냥 먹기는 상당히 곤란했기 때문이다. 그래서 이 신 김치를 국으로 끓여서 먹는 것이었다. 그래도 밥 세끼 중에 이 김칫국이 최고였다.

동찬과 고 병장, 이 병장과 허 병장은 이제 아침과 점심 먹기가 지겨웠다. 이런 생각이 든다는 것 자체가 이제 베트남에서의 생활에 익숙해졌다는 증거다.

우리 애인은 올드미스
히스테리가 이만저만
데이트에 좀 늦게 가면
하루종일 말도 안해….

최희준의 〈우리 애인은 올드미스〉가 흘러나왔다. 허 병장과 이 병장은 노랫소리를 따라 식당으로 향했다. 노래가 나오는 방향과 소리로 보아 저녁 시간이 분명했다.

짬밥장 신 병장은 배식시간만 되면 항상 이 노래를 틀어 놓는다. 그 많은 노래 중에 왜 하필이면 이 노래냐고 의문은 가질 수 있어도 따져선 안 된다. 카세트 주인이 자기가 듣고 싶은 노래를 듣겠다는데 달리 할 말이 없으니 인정하고 넘어가야 한다. 그리고 〈우리 애인은 올드미스〉가 반복해서 나와도 따질 수 없는 가장 큰 이유가 또 있다. 괜히 마음에 드니 안 드니 따지다가 신 병장의 심기를 건드리게 되면 불이익을 당할 수 있기 때문이다. 불이익이란 저녁 식사 때를 말한다. 부 짬밥장인 송 병장은 밥을 퍼 주고, 진짜 짬밥장인 신 병장이 국을 퍼준다. 그때 조금이라도 김치 건더기를 더 얻으려면 입조심을 할 수밖에 없다. 투덜대는 것은 굶어 죽겠다고 작정한 것이나 다름없기 때문이다.

저녁 배식을 받기 위한 줄이 식당 앞에 늘어섰다. 허 병장은 노래가 시작되자마자 줄을 섰는데도 벌써 길어진 줄 뒤에 서게 되자 투덜댔다.

"먹는 것도 전쟁이라더니, 매일 니글니글한 것만 먹으니 죽겠어요. 우리가 총 맞아 죽는 거나, 굶어 죽는 거나 전사는 전사 아니에요?"

이 병장도 동병상련이었지만, 이럴 때 쓰고 싶지 않아 아껴두기로 했다.

"그래도 저녁에는 김치를 먹잖아."

그 말을 들으니 더 열이 뻗쳐올랐다.

"짬밥 그 새끼. 김치 건더기를 끗발 순으로 주잖아요."

어지간하면 넘어가는 이 병장도 화가 치미는 모양이다.

"그건 그래."

허 병장과 이 병장 바로 앞에 문서 연락병인 박 병장이 배식을 받고 있었다. 신 병장은 박 병장에게 국자가 넘치도록 김치 건더기를 퍼 주면서 아양을 떨며 말했다.

"박 병장, 물 좋은 거로 하나만! 응?"

박 병장은 당연하다는 듯 받아들고는 고맙다는 말 대신 위세를 떨었다.

"내가 여고 2학년짜리로 하나 줄게!"

박 병장은 대대에서 연대를 오가는 문서 연락병이다. 문서 연락병이란 서류와 편지들을 전하는 심부름꾼을 말한다. 보기에는 별볼 일 없어 보이나 실상은 그렇지 않다. 신 병장이 배식 1순위로 두는 것에는 다 그럴만한 이유가 있다.

베트남에서 고국 소식을 접할 수 있는 방법은 단 하나. 편지뿐이다. 편지는 가는데 7일 오는데 7일, 빨라야 15일이 걸린다. 박 병장은 수신자를 찾아다니며 자기가 귀국해서 편지를 받아 온 것 마냥 생색을 낸다. 그러나 함부로 대할 수는 없다. 박 병장의 성질을 건드리면 일부러 가족의 소식이 담긴 편지를 꼬불쳐 두고 주지 않을 수도 있다는 불안감 때문이다.

또 하나의 무기는 위문편지다. 박 병장의 연락 가방에는 위문편지가 있다. 수신자에는 '파월장병 아저씨께'라고 쓰여 있다. 즉, 편지의 임자가 없다는 말이다. 주인 없는 위문편지 가운데 글씨가 또박또박한 여고생의 편지는 가히 금값이다. 박 병장은 자신이 뭔가 필요한 것이 있으면 여고생의 위문편지로 거래해 왔다. 병사들에게 여고생들은 잘하면 어떻게 해볼 수 있는 사정거리 안에 있다는 그런 기대를 주기 때문이다. 답장이 오지 않아도 그렇다. 그래서 몇 닢의 김치 건더기를 더 주고 말고 하는 신 병장의 국자도 박 병장 앞에서는 힘을 못 쓰는 것이다.

이 병장이 박 병장과 신 병장의 거래 장면을 목격하고는 허 병장의 옆구리를 찔렀다.

"동생 사진 보여 봐."

"안돼요. 저 단순 무식한 놈에게는 절대 안 돼요."

이 병장의 차례가 되어 국을 받았다. 그런데 국그릇에는 달랑 김치 한 닢이 들어있었다. 무던한 성격의 이 병장도 참기 힘든지 한마디 했다.

"김치 좀 더 줘."

신 병장은 누가 김치를 더 달라고 하면, 권리를 침해받은 것처럼 발끈하며 성질을 낸다. 이번에도 마찬가지였다.

"주는 대로 처먹어!"

다음은 허 병장 차례가 되었다. 건더기를 얼마나 줄까 결정하기 위해 국자를 휘돌리고 있는 신 병장에게 허 병장은 사진을 꺼내며 물었다.

"편지해 볼래요?"

국을 뜨다 말고 멈칫한 신 병장은 고개를 들어 허 병장이 들고 있는 사진을 보았다. 국자를 내려놓더니 바로 사진을 뺏어 두 손으로 꼭 쥔다. 사진을 자세히 본 신 병장은 입이 귀에 걸렸다. 다시 국자를 집어 국통에 깊이 넣으며 말했다.

"딴말 하면 죽어."

신 병장은 큰 그릇에 김치 건더기를 담아 허 병장에게 건넸다. 허 병장은 김치 건더기가 가득 담긴 그릇을 들고 이 병장이 앉아있는 식탁으로 갔다. 이 병장의 국그릇에 넘치도록 김치를 부어주며 미소를 지었다. 이 병장은 너무나 행복해하며 허 병장에게 고마움을 전했다.

"전우에게 김치를 더 먹이려 동생을 팔다니. 나 감동도 함께 먹는다."

이 병장은 밥 위에 김치 건더기를 수북이 올려 한입 가득 밀어 넣는다. 허 병장도 양 볼이 빵빵하게 넣은 김치 건더기를 씹으며 만족하다는 표정을 짓는다. 두 사람이 행복해하며 식사를 하고 있는데 신 병장의 목소리가 들려온다.

"내 약혼자다. 이쁘지! 이쁘지!"

이 병장과 허 병장은 터져 나오는 웃음을 참으며 신 병장이 있는 쪽을 향해 고개를 돌렸다. 돌아보니 신 병장은 들떠 있는 목소리만큼 김치 건더기를 퍼 주는 동작도 감을 잃은 것 같았다. 사진에 키스 한 번 하고 김치 건더기를 잔뜩 퍼 준다. 아무에게나 그렇게 허 병장 동생 사진으로 약혼자라 자랑을 하고 있는 것이다. 사진을 보여 주며 이 말은 꼭 빼먹지 않았다.

"내 약혼자다. 이쁘지?"

다음 사람에게도 사진에 키스 한 번 하고 정신없이 김치 건더기를 퍼준다.

이것이 월남 전쟁이다

"이것은 C레이션이라 부르는 전투식량이다."

김 병장이 캔 맥주 박스 정도 크기의 상자를 신병들 앞에 내려놓으며 말했다. 침상 한쪽에 있던 기동찬, 허 병장, 이 병장, 고 병장이 상자를 가운데 두고 둥그렇게 앉아 김 병장의 설명에 귀 기울였다. 그는 상자를 톡톡 두드리며 설명을 이어나갔다.

"전투 중에는 이것만 먹는다는 거다."

앞에 놓인 상자를 열어 아홉 개의 작은 상자를 꺼내 쭉 펼쳐 놓았다. 그중에 하나를 꺼내어 손바닥에 얹으며 설명했다.

"이 작은 상자 하나가 한 끼 식사분이다."

작은 상자를 열어 상자 안에 든 내용물을 쏟자 조그만 깡통 네 개와 종이 봉지가 펼쳐졌다. 신병들의 표정엔 실망이 역력했다. 사실 한 끼 식사분이라고 해서 잔뜩 기대를 하고 있었다. 아무리 봐도 이렇게 작은 깡통 몇 개가 한 끼 식사분이라는 건지 도통 이해가 가지 않았다. 이거만 먹다가 배가 고파 전투를 못 하지 않을까 걱정이 앞섰다. 참지 못한 허 병장이 나섰다.

"겨우 요거 먹고 무슨 힘으로 전투를 합니까?"

김 병장은 그럴 줄 알았다는 듯이 씨익 웃었다. 깡통 중에 제일 큰 것을 집어 손을 위로 올렸다 내린 다음 동찬에게 건네며 말했다.

"따봐. 콩이 들어있을 거다."

동찬은 얼떨결에 깡통을 받아들고 따기 시작했다. 난생처음 깡통을 따보는 거라서 깡통따개를 다루는 것조차 무척 서툴렀다. 어찌나 더딘지 뚜껑을 다 따기도 전에 깡통 속의 내용물이 다 쉬어버릴 것 같았다. 결국 어렵게 뚜껑을 다 땄다. 깡통 속에서는 삶은 콩이 들어있었다.

"어? 정말 콩이네?"

동찬이 놀라 소리쳤다. 고 병장과 허 병장도 깡통 속 콩을 확인하고 놀라워했다. 김 병장은 깡통을 자세히 보지도 않고 그저 한 번 들었다 내렸을 뿐인데, 안에 든 내용물을 기가 막히게 알아낸 것이었다. 그들의 눈에는 귀신이 따로 없었다.

김 병장은 다른 깡통을 집어 들고 조금 전처럼 손을 위로 올렸다 내린 다음 허 병장에게 내밀며 말했다.

"이건 비쁘스데끼. 그러니까 소고기."

깡통에 따개가 꼽히자 고기 냄새가 올라왔다. 고기 냄새에 침이 고이고 위가 뒤틀릴 지경이었다. 신병들은 침을 삼키며 깡통이 열리기를 기다렸다. 허 병장은 동찬보다 더 서툴렀다. 아까보다 몇 배나 더 시간이 걸려 힘겹게 깡통을 열었다.

"와! 진짜 고깃덩어리다. 이게 비쁘…."

비쁘스데끼란 단어를 금세 까먹은 허 병장은 그저 놀라울 따름이었다. 족집게처럼 딱딱 맞추는 김 병장에게 존경의 눈빛이 쏟아졌다. 허 병장은 김 병장의 유식함에 감탄한 나머지 큰 소리로 물었다.

"김 병장님 대학 나오셨습니까?"

김 병장의 표정이 굳었다. 칭찬으로 물은 것인데 김 병장은 당혹감을 감추지 못한 채 어물거렸다. 이에 아랑곳하지 않고 허 병장은 진지한 얼굴로 질문을 계속했다.

"그런데 먹을 때마다 이렇게 흔들어야 하나요?"

이것을 모르면 전투할 때 문제가 될 수도 있겠다는 걱정이 들었다. 허 병장은 깡통을 이리저리 굴리며 자세히 살폈다. 깡통에는 분명 글씨가 적혀 있기는 하지만 영어라 대체 알 수가 없었다.

"뭐가 들어 있다 써 놓으면 안 되나?"

김 병장은 약간 신경질적인 어투로 대꾸했다.

"야, 너 가방끈 길어? 여기 글씨가 쓰여 있긴 하잖아. 근데 이거 읽어서 내용물 알려면, 아마 귀국할 때쯤이나 가능할걸?"

그냥 토 달지 말고 알려준 대로 내용물을 알아내라는 뜻이었다. 최선의 방법이기도 했다.

"모두 잘 들어. 영어 글씨는 미국 놈들 지들이나 써먹으면 된다. 전투장에서 굶기 싫으면 잘 배워둬!"

파월신병들이 C레이션의 내용물이 무엇인지 터득하기까지는 적어도 한 달 정도가 걸린다. 뒤늦게 영어라도 배워서 안다는 것은 아니다. 영어를 해독하는 능력 없이 깡통에 무엇이 들었는지 알아내는 방법을 익히는 데 드는 시간을 말한다.

처음에는 깡통을 흔들어 보고 내용물의 흔들리는 촉감을 기억하는 방법으로 익힌다. 둔탁한 소리와 느낌이면 소고기 덩어리,

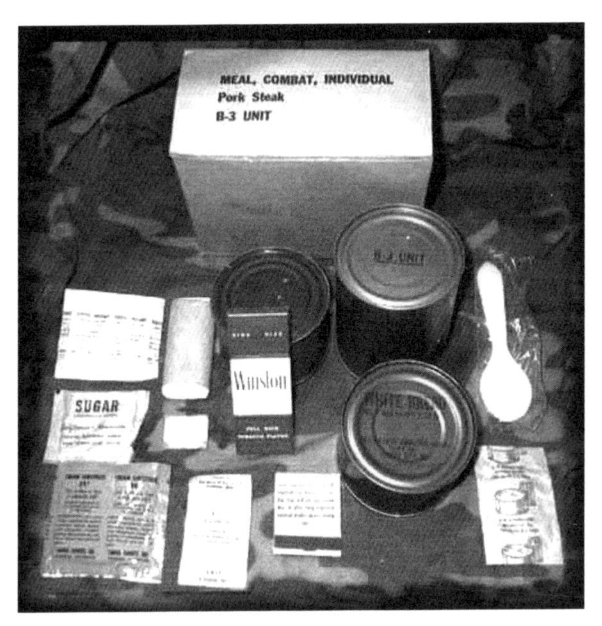

C레이션(한끼 식사 분)

여러 가지가 부딪치면 콩 삶은 것, 부드럽게 몰려다니는 느낌이면 콩과 작은 고기완자라는 것을 외우는 것이다. 다음 방법은 좀 더 어렵다. 영어 첫 글자 B는 소고기, P는 땅콩이라는 뜻을 기억하는 것인데, 외우고 잊어먹는 시행착오를 거듭하면서 완전히 기억하는 시간까지 한 달 정도가 소요된다.

척척박사인 고참들 역시 이러한 방법으로 알게 된 것이다. 아울러 그쯤 시간이 흐르면 깡통의 내용물을 파악하는 것과 학력이 아무런 관계가 없다는 것도 알게 된다. 당시 대학물을 먹은 사람들은 사단, 연대의 행정병 하기에도 모자라는 수였다. 대학물 먹고 말단 소총병으로 밀려올 리가 없다는 뜻이다.

대개의 병사들이 초등학교 졸업이거나 중학교를 겨우 마친 정도가 최종학력인 경우가 많다. 모두가 비슷하니 누가 더 많이 배우고 학력이 높은지에 대한 경쟁은 일어날 일이 없었다. 이렇듯 국가로부터 받는 교육혜택은 별로였다. 그래서 한국군의 대부분은 영어에 까막눈이었다. 깡통에는 모두 영어가 적혀 있으니 겉만 보고는 내용물을 아는 데 시간도 오래 걸리고 시행착오도 겪어야 하는 것은 너무나 당연했다. 여기까지는 자기가 영어를 읽지 못해 일어나는 불편이라 그런대로 참을만하다. 그런데 정말 약이 오르는 것은 맛있는 것만 골라내는 고참들이었다.

작전기간이 아니면 간혹 분대별로 둘러앉아 C레이션 박스를 펼쳐놓고 나누어 먹을 때가 있다. 그때 고참들은 막힘없이 손을 쓱 내밀어 아무 깡통이나 집어 가는데도 맛있는 것만 골라낸다. 꼭

심마니가 산삼을 캐내듯 소고기나, 칠면조처럼 맛있는 것만 집어 간다. 그러나 신병들은 자신들이 먼저 골라도 눈을 감고 고르는 것과 마찬가지였다. 특히 매일같이 느끼한 것만 먹어서 니글니글한 속에 냄새만 맡아도 속이 뻥 뚫릴 것 같은 파인애플 주스와 살구 주스는 눈을 뻔히 뜨고도 찾아 마실 수가 없어서 성질이 난다. 치사하지만 먹는 것에서 고참들이 우위를 차지하니 고참은 하느님과 동기라는 말을 인정할 수밖에 없었다.

C레이션 내용물에 대한 나름의 노하우를 전수하고 있는 김 병장의 설명이 이어지고 있는 가운데, 갑자기 고 병장이 끼어들어 다급한 목소리로 외쳤다.

"썩은 것도 있다!"

중대한 것이라도 발견한 사람처럼 고 병장은 그답지 않게 호들갑을 떨고 있었다.

"와, 내가 썩은 것을 발견했어! 이건 파월장병 전체의 건강관리에 엄청난 영향을 끼치는 사실인데? 이거 훈장이라도 줘야 하는 거 아닌가?"

김 병장은 훈장 타령하는 고 병장을 한심하다는 눈빛으로 내려다보며 말했다.

"그건 치즈라는 거다."

* * *

소란스러운 1소대 벙커 안. 시골 장터에라도 온 듯 웅성거림이 소란하다. 소대원들은 각기 배낭을 꾸리는 작업이 한창이다. 그들은 한 명당 C레이션을 한 박스씩 뜯어 배낭에 넣는 작업을 하고 있었다. 배낭의 부피를 줄여야 하기 때문에 상자를 풀어 버릴 것은 버리고, 끼니별로 먹을 수 있도록 깡통을 분류하는 소리에 더 시끄러웠다.

그다음에는 갈아입을 속옷도 챙겨 넣는다. 역시 부피를 최소화하여 미리 구해둔 비닐봉지에 넣는다. 비닐봉지를 어디서 구했는지 알 수 없지만, 속옷은 꼭 비닐에 넣어 배낭을 꾸린다. 갈아입어도 곧 땀에 젖어 버린다고 해도 입는 순간이나마 보송보송하게 입고 싶은 마음에서일 것이다.

M16 탄창도 있는 대로 꺼내 실탄을 넣는다. 탄창에는 20발이 들어가지만 18발만 채워둔다. 20발을 꽉 차게 넣을 경우 종종 용수철이 오작동하기 때문이다. 한참 부산스럽던 벙커 안은 하나둘 배낭이 꾸려지면서 평온을 되찾아 갔다.

군장 꾸리기를 마친 소대원들은 자기가 꾸린 배낭을 앞에 놓고 침상에 열을 지어 앉았다. 꼭 남들이 하지 못하는 일을 해내고 '참 잘했어요.'라는 칭찬을 기다리는 아이들 같다. 그런 그들의 모습은 한결같지만, 배낭의 모양은 제각기 달랐다. 특히 신병들의 배낭은 다른 소대원들에 비해 부피가 크고, 제멋대로 들쑥날쑥이었다. 곽 병장은 신병들 앞에 걸음을 멈추고 가지각색의 배낭을 쭉 훑어보았다.

먼저 허 병장의 배낭은 커다란 항아리 모양이었다. 그 옆에는 한쪽 부분만 툭 튀어나온 이 병장의 배낭, 아랫부분보다 위가 더 불룩한 역삼각형 모양의 고 병장 배낭과 어떻게 넣었는지 넓고 납작한 동찬의 배낭이 차례대로 놓여 있었다.

"너희들 오늘 소풍 가냐? 그런 배낭은 지고 일어나기도 힘들겠다. 끌러서 버릴 것은 버리고 다시 묶어."

허 병장은 '버릴 것은 다 버려'라는 말에 흠칫 놀라 고개를 저었다. 사실 배낭을 챙길 때 부피가 큰 코코아 봉지를 버리라고 어떤 고참이 말해주었는데 몰래 넣어 두었기 때문이다. 그는 짬짬이 코코아 가루를 미숫가루처럼 타 먹으려고 했다.

'입가에 묻은 코코아 가루를 혀로 씻어 먹는 맛! 그럼 많이많이 행복할 것 같았는데…'

허 병장은 다시 고개를 저었다.

"하나도 버릴 것은 없는데요."

"맞아!"

이 병장도 허 병장의 말에 동조하고 나왔다. 신병들이 이렇게 나오자 곽 병장은 말이 아닌 행동으로 보여주기로 했다.

"내 꺼 내가 지고 가겠다는데 무슨 잔소리냐 이거지? 좋아 신병들은 배낭 메고 일어서."

곽 병장은 꼭 소대장이 하는 것처럼 소대원들을 지시하고 있었다. 어찌 보면 소대장의 지시보다 곽 병장의 말을 더 잘 들어야 한다. 목숨이 달린 전장에서 소대 최고참인 곽 병장의 전투경험은 동아줄과도 같기 때문이다. 하지만 신참들은 아직 그 사실을 모르고 있었다. 같은 병사들끼리 이래라저래라 하는 게 불만인 것도 사실이다. 신병들은 자신의 배낭을 메고 정렬하였으나 짝다리로 언짢은 기분상태를 말해주고 있었다.

곽 병장은 신병들이 마지못해 일어나는 모습부터 가지각색 배낭을 보고 있자니 곱게 봐주기가 힘들었다.

"엎드려 쏴."

곽 병장의 지시에 신병들은 입이 댓 발 나와 슬로비디오처럼 움직였다. 그렇게 굼뜬 동작으로 엎드렸음에도 C레이션 부딪치는 소리와 함께 난리가 났다. 허 병장이 짊어진 배낭은 머리 위로 벗겨지면서 쓰고 있던 철모까지 침상 밑바닥으로 떨어졌고, 이 병장은 꼭 돌멩이에 깔려 죽은 개구리 같았다. 고 병장의 엎드린 자세도 크게 다르지 않았다. 가장 가관인 것은 동찬이었다. 키가 껑충한 동찬의 머리 위로 배낭이 올라가 얹고 있었다. 동찬은 머리 위에 있던 배낭을 다시 등 위로 올리고 자세를 잡았다. 소대원들은 이들의 모습에 킥킥대기 시작했다.

곽 병장의 지시는 계속됐다.

"좌로 굴러."

허 병장은 구르려고 애를 썼으나 배낭이 너무 불룩하여 돌아가지가 않았다. 몸의 반동을 이용하여 돌려고 시도했으나 엉뚱하게 우측으로 돌고 말았다. 고 병장은 이 병장과 허 병장이 고생하는 것을 보고는 아예 몸을 일으켜서 좌로 눕는다. 동찬은 배낭이 넓게 싸여 있어서 옴짝달싹하지 못했다. 허공으로 팔다리만 휘저으며 있는 꼴이 뒤집힌 거북이가 따로 없었다.

곽 병장은 신병들이 충분히 알아들었을 거라 판단하고, 배를 잡고 웃고 있는 소대원들에게 일으켜주라는 눈짓을 보냈다. 소대원들은 신병에게로 가 일으켜 주었다. 일어나 앉아있는 신병들의 망가진 몰골이 소대원들의 웃음을 더 자아내게 했다. 망신스러워 고개를 숙이고 있는 신병들에게 곽 병장이 다가가 물었다.

"그런 배낭을 메고 전투를 할 수 있겠냐? 지 배낭에 깔려 죽으면 보험금도 안 줘!"

허 병장은 입이 열 개라도 할 말이 없었다. 동찬은 배낭의 넓이를 줄이려 옆을 누르고 있고, 이 병장과 고 병장은 고개를 들지 못하고 있었다.

그들에게 그나마 다행인 것은 곽 병장의 말이 그리 길지 않다는 것이다. 약간의 농담을 즐겨 쉬는 편이나 소대원들에게서 시정해야하는 사항은 간결하게 말한다. 곽 병장은 몸을 돌려 건너편 침상에 조용히 앉아 있는 최 병장에게 부탁했다.

"최 병장 시범 보여 줘."

최 병장은 말없이 자신의 배낭을 메며 일어섰다. 배낭의 끈을 몸에 짝 붙게 조정 고리를 당겨 조인 다음 M16을 들었다. 그는 절도 있는 동작으로 차렷 총, 길게 찔러, 빗겨 찔러 등 총검술 동작을 시연한다. 가히 최 병장의 시연은 아름다웠다.

다음 시범은 그들이 헤맨 구르기였다. 엎드리고, 좌로 우로 구르고, 앞구르기도 한다. 여러 가지 동작을 보인 뒤 마지막으로 차렷 자세를 취하면서 시범을 마쳤다. 시범을 마친 최 병장의 모습은 처음과 그대로였다. 더 놀라운 것은 최 병장의 절도 있고 과격한 동작에도 C레이션 깡통들이 부딪치는 소리가 나지 않았다는 것이다. 동찬, 허 병장, 이 병장, 고 병장이 모두 놀라 입이 벌어졌다. 얼떨떨해하는 신병들에게 다가간 곽 병장은 허 병장의 배낭을 거꾸로 들며 일침을 가했다.

"봤지? 모두 배낭을 다시 꾸린다. 실시!"

허 병장의 배낭에 들었던 내용물이 '우르르' 소리를 내며 침상마루에 쏟아졌다. 곽 병장의 목소리가 이어졌다.

"보따리 싸는 것도 전투, 잘 먹는 것도 전투력이다. 움직일 수 없으면 바로 죽음이다. 그리고 배낭에 끼니 별로 딱딱 정리가 안 돼 있으면 메고 나가도 굶게 된다. 총알이 날아오는데 먹을 때마다 배낭을 뒤질 건가?"

* * *

“맹호.”

군장을 매고 줄 맞춰 선 소대원들을 앞에 소대장과 중대장이 마주 서 경례를 올렸다. 중대장의 간단한 지시 사항과 소대장 이 중위의 출발 보고가 이어졌다. 신병의 월남 적응을 위해 기지 주위의 정찰과 매복 작전이 실시되는 날이었다.

이 중위는 소대원들에게 당부했다.

“신병들이 몸 성히 귀국하는 방법은 딱 하나! 먼저 보고 먼저 쏜다. 이 이상 확실히 돌아오는 방법은 없다.”

별 탈 없이 돌아오자는 말이다. 이 중위는 고참 4명을 둘러보며 지시했다.

“너희 고참 4명은 신병님들을 한 분씩 꿰찬다.”

서 병장은 기동찬, 고 병장과 이 병장은 각각 김 하사와 정 병장이 맡았다. 그리고 진 병장에게는 허 병장이 배당됐다. 호명을 받은 고참병들은 ‘위치로’라는 복창과 함께 자리를 옮겼다. 보모가 된 고참병들이 각자 맡은 신병들 옆으로 자리를 옮긴 것이다. 배정이 끝나자 이 중위는 다음과 같은 지시 사항을 내렸다.

"고참들은 지금 지급 된 신병님들이 작전을 마치고 귀대할 때…."

잠시 뜸을 들였다. 진 병장의 옆을 지나며 말을 이어가던 이 중위는 옆에 있는 허 병장의 목을 탁탁 치며 말을 마쳤다.

"이렇게 목이 붙어 있는 현재 상태로 반납한다."

허 병장은 등골이 오싹해 지면서 섬뜩해졌다.

"우씨."

허 병장이 증기기관차 화통처럼 거친 숨소리를 내뱉으며 말했다.

"아니, 어떻게 처음 작전 나가는 우리들한테 이런 말을 할 수 있어? 기죽여서 뭐가 좋다고."

소대원들은 모두 웃었다. 허 병장을 제외한 신병들은 자기 목을 만져 본다.

"자. 가자!"

소대장의 힘찬 출발 구령과 함께 소대는 2열 종대로 대대 정문을 나섰다. 좌측 열은 곽 병장이, 우측 열에는 최 병장이 선두에 선 대열이 이어져 나갔다. 소대장과 무전병은 대열의 다섯 번째쯤 되는 중앙에, 선임하사는 대열 가운데 후미에 자리한다.

우측 열 중간쯤에 위치한 한 병장의 얼굴은 좋지 않았다. 서열로 보나, 능력으로 보나 적어도 자기에게 신병이 배당되어야 하는

수색나가는 소대

데 무시당했다는 생각이 지워지지 않았기 때문이다. 한 병장은 목청 높여 자신의 존재를 과시했다.

"월남 쫄따구들 오늘 죽었다 복창해라. 무사히 돌아오려면 내 뒤에 붙어라. 알겠냐."

좌 우, 앞과 뒤를 돌아보며 허세를 부리자 뒷자리에 있던 김 하사가 제동을 걸었다.

"야, 한 병장! 너 입도 시끄럽고 철모도 시끄럽다."

한 병장의 철모에는 온통 낙서투성이다. '보고 싶다 금순아' '엄니 사랑해요' '총알 접근 금지구역' 등 정말 시끄럽게 쓰여 있다. 주위 병사들이 한 병장에게 "베트콩들이 철모에 쓰인 글씨가 암호문이라 잘못 알고 너 만 쏠 거다."라고 겁을 주어도 지우지 않았다. 오히려 낙서가 더 늘어났다.

철모에 쓴 낙서

“눈도 시끄럽거든. 너 뒤로 가.”

김 하사는 한 병장의 목덜미를 잡아당기며 뒤로 보냈다. 제 멋에 살려던 한 병장이 김 하사 뒤로 쫓겨나자 소대원들은 은근히 시원해했다. 신병들은 더할 나위 없이 고소했다.

김 하사 뒤로 밀려난 한 병장이 머쓱해져 어깨를 떨구려는데 뒤에서 노크하듯 어깨를 두드렸다. 돌아보니 한 병장보다 서열이 한 달 빠른 조 병장이었다. 조 병장이 뒤로 가란다. 한 병장은 조 병장 뒤로 또 밀려났다. 그리고 또. 한 번 더. 그러다 보니 한 병장이 맨 뒷자리였다.

뒤를 돌아본 한 병장은 아무도 없자 덜컥 겁이 났다. 베트콩들의 저격 우선 수위는 선두나 장교, 맨 뒤다. 앞이라면 자기에게 총을 쏘는 적을 보고 대응이라도 할 수 있고, 총을 맞더라도 덜 억울할 것이다. 그런데 뒤에서 소리 소문 없이 날아온 총탄에 맞는다면 너무 억울해 죽어도 눈을 감지 못할 것 같았다. 이토록 겁나는 자리가 제일 뒤다.

한 병장의 아우성이 다시 시작됐다.

"맨 뒤를 맡는 것이 겁나면 좋게 '한 병장 용감한 니가 뒤를 맡아 주겠니?' 하고 말로 하면 입이 덧납니까? 에잇 겁쟁이들아."

* * *

이 중위가 이끄는 소대는 3대대 기지에서 2Km 정도에 위치한 자연부락 옆을 지나고 있었다. 부락 한편에는 학교가 지어지고 있었는데 한국군 공병(工兵 군에서 축성(築城)·가교(架橋)·건설·측량·폭파 따위의 임무를 맡고 있는 병과. 또는 그에 속한 군인)들이 공사에 한창이었다. 모두들 웃통을 벗고 일을 하고 있었다. 동찬은 그들의 모습을 보며, 더운 날 훈련하는 것도 힘이 드는데 그늘 한 점 없는 곳에서 공사하는 것도 보통 작업이 아닐 것이란 생각이 들었다. 그들은 언제부터 작업한 것이지 이미 기초공사를 마치고 기둥을 세운 다음 천장에 용마루를 올리고 있었다. 일부 병사들은 벽돌을 쌓기도 했다. 그중 제일 힘겨워 보이는 병사는 등짐으로 벽돌을 옮기는 병사인 것 같았다. 땀에 제일 많이 젖어 그렇게 보였다.

한국군이 지나가자 공병들은 잠시 일을 멈추고 손을 흔들어 인사를 보냈다. '시원한 물 먹고 가'란 말도 들려온다. 소대원들도 손을 흔들어 반가움을 표시했다.

마을에서 멀지 않은 넓은 벌판에 소들이 모여 있었다. 우리나라 소와는 달리 유난히 긴 뿔을 가진 소들은 어깨뼈가 툭 튀어나와 비쩍 말라있었다. 한눈에 봐도 배가 고파 보이는 소들은 풀을 먹는 둥 마는 둥 뜯고 있었다. 그 옆을 지나며 소대원들이 수군거렸다.

"전쟁 중이라 못 먹어서 그래."

"아냐. 땀을 많이 흘려서 말랐어."

"거 잡아도 뜯을 거도 없잖아."

익숙지 않은 소의 생김새에 그냥 지나가기가 아쉬웠는지 누군가가 한 말에 편을 지어 다투었다. 그렇다고 정답을 알아서 하는 말은 아니었다. 이곳은 사시사철 지천으로 널려 있는 것이 풀이니 못 먹은 것도 아니고, 이 마을은 3대대가 주둔한 뒤로 총소리가 나지 않았으니 전쟁 탓도 아니다. 베트남의 마른 소는 원래 종자가 그래서다. 대체 답이 나올 것 같지 않은 말을 이으며 소대원들은 소똥을 밟지 않으려 조심조심 지나갔다.

베트남 소와
치누크 헬기

이 중위의 소대는 강물을 건넜다. 오는 동안 땀 흘린 몸을 물에 적시니 살 것 같았다. 신병들은 앞으로 가는 길이 계속 강물이길 바랐다. 그러나 한편으로는 좀 찝찝하기도 했다. 베트남 강물이 워낙 탁하게 흘러 시원함을 마냥 즐길 수만은 없었다.

강물이라고 해서 배가 다닌다거나 수상가옥이 있는 그런 큰 물줄기가 흐르는 곳이 아니다. 폭은 개울 정도인데, 베트남은 강수량이 많아서 웬만한 개울도 허리 깊이 이상이기 때문에 확실히 강물과 비슷하다. 또한, 미군이 제작한 지도에도 강(river)이라고 표기되어 있다.

간혹 이곳의 강물은 한국군의 목숨을 앗아갔다. 물에 빠져 허우적거릴 때 총만 버리면 살 수 있는데도 끝까지 버리지 않아 목숨을 잃게 되는 경우가 있었다. 그렇게 목숨처럼 총을 지키는 이유는

거듭된 교육 때문이다. 군인에게 총은 생명이란 말이 머릿속에 각인되어 끝까지 총을 버리지 못하는 것이었다. 가난이 죄다.

기지를 떠난 지 3시간이 지날 무렵이었다. 소대는 악정글에 다다랐다. 악정글은 사람의 키보다 좀 더 큰 가시나무들이 틈새 없이 엉켜져 있는 곳이다. 우리나라의 탱자나무같이 생긴 것으로 잎이 작고, 가시가 많아 짐승들도 다닐 틈이 없다. 나무 높이가 사람의 키 정도여서 햇볕을 그대로 받는 땡볕의 정글을 말한다.

악정글에서 선두에선 최 병장은 정글도로 앞을 헤쳐 나갔다. 최 병장이 지금 들고 있는 정글도는 그가 파병된 후 첫 번째 매복을 나갈 때 받은 것이니까 꽤 오래된 것이었다.

그가 첫 매복에 투입될 때였다. 신병이라 분대 중간에 끼어 있으면서 고참들에게 보호를 받는 입장이었다. 매복 지점까지는 숲이 우거진 정글을 헤치며 나아가야 했다. 맨 앞에 첨병(尖兵 행군의 맨 앞에서 경계·수색하는 임무를 맡은 병사. 또는 그런 부대)이 전방 경계를 하며 앞으로 나가고 바로 뒤를 정글도를 들고 나뭇잎이나 가지를 쳐서 길을 터주는 고참 병사이 따른다. 그 뒤부터는 한 명은 왼쪽, 다른 한 명은 오른쪽을 서로 방향을 달리해 주위를 살피고 맨 뒤는 돌아서 걸으며 뒤를 맡는다. 그렇게 대열을 유지한 채 서로는 서로를 보호하면서 가고자 하는 지점까지 이동하는 것이다.

정글은 나무나 풀잎에 가려 한 발자국 앞도 보이지 않는다. 민을 수 있는 것은 눈으로 확인되는 것들과 육감뿐이다. 어떤 낌새를 느껴 조금이라도 앞에 나설라치면 고참들은 즉시 제동을 건다.

"찬물에도 순서가 있어!"

이 말에는 전우애가 담겨 있었다. 언제 어디서 어떤 위험이 닥칠지 모르는 정글에서 한 번이라도 경험이 많은 고참들이 위험을 맡겠다는 뜻이었다. 전우애! 말만 자주 들었지 무엇을 전우애라 하는지 몰랐는데 그제야 제대로 알 것 같았다. 실제로 위험한 순간이 벌어진다면, 소대원을 위험에 빠트리지 않기 위해 고참들이 방패막이가 되어주겠다는 것이었다. 그렇게 위험한 상황에서 전우를 배려해 준다는 것. 그것만으로도 뜨거운 무엇이 올라와 가슴을 찡하게 만들었다. 전우애는 그런 것이다. 위험에 빠지면 구해주겠다고 말로 하는 것이 아니다. 뜨거운 어떤 감정, 말로는 표현이 안 되는 '찡!'하는 느낌이 전우애인 것 같았다.

가시가 엉킨 잡목 지대를 헤치며 소속 분대 매복지점까지 거침없이 나아갔다. 이렇게 헤쳐 나가는 작업은 역시 고참들의 몫이었다. 고참들은 땀을 비 오듯 뻘뻘 흘리며 가시와 덤불을 정글도로 쳐내면서 나아갔다. 이런 지역을 통과하는 것은 모두에게 너무나도 고통스럽다. 차라리 큰 나무가 서 있는 정글은 그늘이 있거나 높은 나무에서 물방울이라도 몇 개씩 떨어져 그런대로 참을만하다. 하지만 잡목으로 엉켜있는 악정글에서는 가슴 윗부분이 햇빛에 노출되어 사우나에 갇혀있는 것보다 더 지독하게 덥다. 고참들은 헉헉대면서 정글도를 휘두르며 나아가지만, 살인적인 더위에 이내 지치고 만다.

"내가 좀 하죠."

최 병장은 고참에게 손을 내밀었다. 길을 내고 있던 고참은 워낙 견디기 어려웠는지 잠시 망설이더니 정글도를 최 병장 손에 건네주었다. 고참의 표정에는 미안한 기색이 역력했다.

최 병장에게 쥐어진 정글도는 아주 가볍게 움직였다. 고참들이 온몸으로 휘둘러야 자를 수 있었던 굵은 가지들을 그는 힘들이지 않고 손목의 스냅만으로 베어 갔다. 최 병장의 부드러운 정글도의 움직임에 풀이나 넝쿨, 잡목 가지들은 추수 때 벼 베듯 길을 내어주고 있었다.

이 모습을 본 고참들은 한마디씩 했다.

"최 병장 낫질 도사 아냐?!"

그날부터 최 병장은 분대의 첨병을 맡게 되었고, 그때 건네받은 정글도를 항상 몸 가까이 지니게 되었다.

소대원들은 급격하게 지쳐갔다. 벌써 몇 명은 조금이라도 더위를 식히려 방탄복 지퍼까지 열었다. 살인적인 더위에 총 맞아 죽으나 더워 죽으나 죽는 건 마찬가지니 급한 불부터 끄려는 것이었다.

한 병장은 악정글에 발을 들여놓는 순간부터 입에 수통을 달고 있었다. 병사들은 모두 탄띠에 수통을 4개씩 차고 출발했다. 반쯤 왔으니 절반 정도가 남아있어야 한다. 그런데 지금 한 병장이 입에 물고 있는 수통은 벌써 3개째다. 더위와 갈증이 극에 달한 상태

신고 작전 중 정글 수색 장면

에서 물을 절제해 마시는 것은 웬만한 자제력으로는 힘들다. 수통에 입을 대면 멈출 수가 없다. 나중에 목이 타 죽는 한이 있어도 우선 마시게 된다.

드디어 고통의 늪에서 빠져나왔다.

소대장 이 중위는 자기도 땀을 식히고 파김치가 되어 있는 소대원들의 체력을 회복시키기 위해 휴식 시간을 가졌다.

"잠시 쉰다."

휴식 지시가 떨어지자 소대원들은 몸을 아무 데나 던지고 본다.

몸이 천근만근이 나가는 짐짝이어서다. 철모도 이럴 때는 애물단지 취급을 받는다. 총알이 날아오든 말든 방탄복도 벗어 던진다. 이때만큼은 살기 위해 방탄복을 벗는 것이다.

최 병장이 자리를 잡고 물을 마시려 수통을 꺼낼 때였다.

"물 좀 줘!"

한 병장이었다. 모기가 피를 빨겠다고 달려드는 것이나 다름없었다. 최 병장은 오른손으로 왼손의 소매 부분을 걷어 올리며 한 병장 얼굴 앞으로 내밀었다.

"물 달랬지 누가 욕 하랬냐?"

"차라리 피 빨아 잡수! 인간아 달랠 걸 달래야지!"

최 병장의 대답은 냉정했다. 한 병장은 다시 다른 병사에게 물을 얻어먹으려고 기웃거렸다. 언제 물을 마시게 될지는 알 수 없다.

전투지에서는 물이 곧 생존이다. 아무리 목이 말라도 물을 마실 때 수통채로 입에 대지 않는다. 일단 수통채로 입에 대면 멈추기에 상당한 의지가 필요하기 때문이다. 또 물을 배부를 만큼 마셨다고 해도 금세 땀이 비 오듯이 흘러나오기 때문에 소용이 없다. 그래서 병사들은 갈증을 해소시키기 위해 수통 뚜껑으로 물을 받아 마신다. 수통 뚜껑에 물을 따라 입안을 헹구듯이 아주 조금씩 천천히 마신다. 꼴깍하고 목구멍으로 바로 넘기지 않아야 갈증이 해소된다.

물도 실탄만큼이나 중요하기 때문에 자주 물싸움이 벌어지곤 한다.

근처의 소대원들이 한 병장의 소행에 어이없어하든 말든 고 병장과 이 병장은 무엇에 취한 듯 다른 일은 안중에도 없었다. 두 사람은 너무 좋아해 하며 무엇을 먹고 있었다. 고 병장이 한입 넣고는 좋아 죽겠다는 표정을 지으며 말했다.

"치즈 맛 죽이지. 이렇게 맛있는 건지 몰랐어."

썩었다고 난리를 부렸던 것을 맛있게 먹고 있었다. 고 병장과 이 병장은 비스킷에 치즈를 듬뿍 발라 한입 가득 씹으며 행복해 했다.

비스킷은 짭짜름해서 그런대로 먹을 만한데, 먹고 난 뒤 목젖이 까끌까끌해져 물을 많이 마시게 되어 절대 작전 시에 가지고 오지 않는 것이다. 쓰레기 소각장에나 뒹굴어 다니는 그런 치즈, 땅콩버터를 고 병장과 이 병장은 언제 배낭에 감추어 넣어왔는지 수북이 꺼내 놓고 너무도 맛있게 먹었다.

"우리 매일 치즈 먹게 말뚝 박자."

소대는 절벽과 같은 바위투성이 지역도 거쳐 가야 했다. 소대원들은 앞에서 끌어주고 뒤에서 밀어주며 바위를 넘는다. 그러나 작전경험이 없는 신병들은 미끄러지기 일쑤인 곳이다.

바위가 많은 지역을 가기 위한 두 가지 방법이 있다.

하나는 바위 머리 부분만 밟고 징검다리 건너 듯 뛰어가는 것이다. 이렇게 바위 머리만 밟고 가면 훨씬 힘이 덜 든다. 그러나 바위 머리에서 다음 바위 머리까지 단숨에 겁먹지 않고 건널 수 있는 용기가 필요하다.

키 작은 고 병장이 벌써 저 앞으로 뛰어가고 있었다. 다리가 짧아도 다람쥐처럼 잘도 뛰어 나간다. 소대원들은 신병인 고 병장이 성큼성큼 나아가는 모습에 감탄했다. 저 정도로 겁 없는 사람은 드물 것이다. 용기가 있긴 있는 사람이라고 인정하는 순간이었다.

또 다른 하나는 바위를 산 넘듯 타고 건너는 방법이다. 처음부터 건너뛰다가 미끄러지거나 떨어질 것이라 미리 겁을 먹고 바위를 하나하나 오르고 내리는 것이다. 이렇게 가면 다른 사람에 비해 몇 배나 힘이 든다. 용기 없는 대가치고는 너무 가혹한 벌이기도 하다.

좀 모자라게 보이는 허 병장과 물을 다 마셔버려서 탈수 현상이 나타난 한 병장이 그렇게 고생 중이었다. 김 하사는 그렇게 고생하고 있는 한 병장의 손을 당겨 주면서 약을 올렸다.

“너 수통 원 샷 할 때부터 고생할 줄 알았어. 괜히 물을 한꺼번에 마시지 말라는 게 아니거든.”

머리 정수리에서 쨍쨍하게 비추던 해가 옆으로 기울기 시작했다. 그 시간쯤, 소대는 키 높은 나무들이 제대로 선 정글로 들어서고 있었다. 정글의 나무들은 빽빽하게 서 있어도 나름대로 질서가 있다. 나무는 팔을 벌려 옆의 나무를 찌르거나 밀어내지 않는다. 그리고 나무가 쓰지 않는 공간 아랫자리에는 풀들에게 자리를 허락한다. 서로 공간을 나누어 쓰며 양보해서인지 녹음이 짙다.

둘레가 두 팔로 감싸도 남는 굵은 나무에서 물방울이 비처럼 내린다. 이 물방울에 거머리도 함께 떨어진다. 나무는 고개를 들어 완전히 젖혀야 겨우 꼭대기를 볼 수 있을 정도로 높이 솟아 있었다. 이런 정글에 포격하면 포탄은 나뭇가지 위에서 터진다고 한다. 그렇게 나무들이 포탄을 막아주어서 베트콩들이 포탄으로부터 안전을 보장받는다는 것이다.

나무와 풀밖에 보이지 않던 곳을 빠져나오자 어느덧 저녁 무렵이었다. 한참을 걸려 정글을 빠져나오자 소대원들을 한눈에 볼 수 있는 공간이 나왔다.

이 중위가 지도와 나침판을 보면서 야간 매복 지점까지 거리와 방향을 점검했다. 예정에 벗어나지 않은 듯 고개를 끄덕이며 휴식을 결정한다.

"잠깐 휴식한다."

소대장의 수신호가 소대원들에게 전달되면서 한 명씩 휴식에 들어갔다. 소대원들은 큰 나무에 의지하거나 은폐가 가능한 지형지물을 찾아 몸을 기댔다. 세상에서 가장 편한 자세로 쉬게 하기 위해서다. 물론 경계를 소홀히 하지 않는다.

소대원들은 소리 없이 조용하게 한 명씩 자리를 잡아 나갔다. 선두 곽 병장도 휴식한다는 것을 알게 되었다. 이제 첨병 최 병장에게 전달되면 된다.

곽 병장이 최 병장에게 정지 신호를 보내려는데 최 병장의 움직임이 심상치 않았다. 시선을 고정시킨 채 조용히 움직이는 것이다. 어떤 일이 있다는 것을 직감한 곽 병장은 위기의식에 전율이 온몸으로 흘렀다.

최 병장은 배낭과 철모를 벗어 땅에 소리 없이 내려놓고, 방탄복과 탄띠도 벗어 놓고 있었다. 그러면서도 그의 시선은 한 곳을 향했다. 곽 병장도 눈높이로 총을 올려 사격 자세를 취하면서 총구를 최 병장의 시선이 꽂힌 곳으로 돌린다. 최 병장과 곽 병장의 자세를 본 소대원들도 조심스레 경계에 들어갔다.

최 병장이 잡고 있는 정글도 끝에 힘이 들어간다 싶더니, 말릴 새도 없이 용수철처럼 튀어 올라 앞도 제대로 보이지 않는 수풀 속으로 뛰어 들어갔다. 칠팔 보가량 뒤를 따르던 곽 병장도 최 병장이 사라진 수풀 속으로 몸을 날렸다. 주위에서 경계하던 소대원들의 시야에 곽 병장도 보이지 않게 되었다.

최 병장은 수풀 속에 엎드려 있던 두 명의 베트콩을 발견했다. 까만 복장을 한 베트콩은 소대가 다가오기를 기다리며 사격 자세를 취하고 있었다. 최 병장이 예상치 못한 방향에서 느닷없이 나타나자 베트콩은 놀라 총을 들면서 몸을 일으켰다. 최 병장은 날쌔게 달려들어 한 명을 내려치기로 베고, 다른 한 명은 올려 베기로 쓰러뜨렸다.

탄력받은 몸을 정지시키며 호흡을 고르는 찰나 좌측으로 열 걸음 정도 되는 거리에서 다른 베트콩 두 명이 사격 자세를 취하며 나타났다. 거리가 멀어 칼을 쓸 방법이 없었다. 최 병장은 더 위험해 보이는 한 명에게 칼을 던졌고, 정확히 가슴에 박혔다. 베트콩 두 명이 더 있다는 것을 몰랐으니 마음의 준비도 하지 못했다. 승부사에서는 안다. 이 상황에서 자신은 이미 죽은 목숨이라는 것을. 지금 그가 할 수 있는 것은 단 하나였다. 베트콩에게 총을 맞아주며 시간을 버는 것이다. 총소리가 나면 소대원들이 전투태세를 갖출 수 있기 때문이다.

최 병장이 맨손으로 베트콩과 마주 섰다. 부릅뜬 눈으로 적이 총을 쏘기를 기다린다. 적의 총구가 자신의 가슴을 겨누는 것이 보였다. 그리고 총소리가 난다. 화약 냄새가 난다.

총에 맞아 죽었다고 생각한 최 병장의 코에 화약 냄새가 들어온다. 왜 화약 냄새가 나지? 의아해하고 있는데 그 앞에 서 있던 적이 힘없이 쓰러졌다. 뒤를 돌아보니 곽 병장이 총을 들고 있었다. 그랬다. 총소리는 뒤에서 들렸던 것이었다.

최 병장은 곽 병장에게 웃음으로 고마움을 표시했다. 곽 병장은 그가 과감하게 적에게 달려들어 칼을 휘두른 것과 자신이 총을 맞는 것을 신호로 삼기 위해 적 앞에 당당히 서 있던 모습을 지켜보았다. 정말 대단했다며 안도와 위안이 섞인 미소로 답해 주었다.

뒤에서 이 중위와 소대원들이 달려오는 소리가 들렸다. 한 발 먼저 온 이 중위가 두 병사에게 물었다.

"괜찮아?"

이 중위는 최 병장과 곽 병장의 어깨를 가볍게 두드렸다. 그 사이 선임하사와 소대원들은 베트콩이 나타난 곳 좌우로 수색해 들어갔다. 선임하사와 김 하사가 베트콩이 있던 자리에서 크레모아 2개가 설치된 것을 발견했다. 이 중위는 상황을 신속히 정리하며 최 병장에게 말했다.

"최 병장이 적을 보지 못했으면 크게 당할 뻔했다. 최 병장 수고했어. 곽 병장도. 자네 둘 아니었으면 소대가 큰일 날 뻔했어."

둘을 향해 소대원들은 모두 환하게 웃어 주었다. 그리고 최 병장에게 목숨을 빚졌다며 고맙다고 말해 준다. 또 곽 병장의 전우애에 감동했다며 칭찬이 이어졌다. 이렇게 소대원들의 웃음이 한창일 때 뒤늦게 도착한 한 병장이 동찬에게 다가가 한껏 무게를 잡으며 어깨를 다독거렸다.

"이것이 월남 전쟁이다. 월남에 온 걸 환영한다."

신고 작전 마치고 한 장

위문 공연

이 중위 소대는 중대장에게 귀대 보고를 했다. 수색 정찰 겸 신병들의 신고 작전을 무사히 마치고 돌아왔다는 보고다. 귀환 보고를 받는 중대장 강 대위는 사기 충전한 대원들의 얼굴을 보며 격려를 아끼지 않았다.

"모두 수고하였다. 정찰을 겸한 훈련에서 큰 전과까지 올렸으니 대견하다. 대대장님과 연대장께서도 매우 기뻐하셨다."

어디선가 치누크 헬기 소리가 들려왔다. 중대장의 목소리도 점점 요란해지는 헬기 소리에 묻히고 있었다. 치누크는 가까이에서 보면 하늘을 가릴 정도로 덩치가 크다. 여객선 같은 비행기 몸뚱이에 앞뒤로 혹이 올라와 그 위에 프로펠러가 각각 달려있다. 육중한 몸체로 일개 소대의 무장병력을 수송하거나 탱크까지 달고 다닐 수 있는 거대 헬리콥터다.

치누크는 꼬리가 길고 프로펠러가 하나인 보통 헬리콥터와는 차원이 다른 거대한 크기의 몸체와 두 개의 프로펠러로 소리까지 압도적이다. 치누크가 다가오면 모든 소리를 먹어치운다. 핏대를 올려가며 소리를 질러봤자 아무런 소용이 없다. 이럴 때는 소리가 지나가거나 멈출 때까지 기다려야 한다.

중대장은 하던 말을 멈출 수밖에 없었다. 어색한 표정으로 소리가 잠잠해지기를 기다리고 있었다. 보고를 받는 것도 하나의 규범이자 일종의 의식이다. 그렇다 보니 소란하다고 해서 도중에 하던 일을 그만둘 수가 없다. 시간이 멈춘 듯이 아무것도 하지 않고 머쓱하게 있기란 보통 쑥스러운 게 아니다. 보고가 끝나기만 기다리는 대원들도 어찌할 바를 몰라, 과장된 몸짓과 잡담이 이어졌다. 그러기를 한참 만에 대원들의 잡담 소리가 강 대위 귀에 들려왔다. 치누크 소리가 잦아든 것이다. 여태 자신이 해야 할 말을 치누크가 대신했으니 강 대위는 하려던 말을 생략했다.

"보고는 이것으로 마치겠다. 참, 이를 어쩌나? 복귀시간을 예측 못 해서 1소대 벙커에서 여자들 옷을 갈아입도록 배려했는데…."

'여자?'

소대원들의 눈빛이 반짝였다.

사실 주인 허락도 없이 벙커를 사용한다는 것은 당연히 불쾌하고 항의해야 할 일이다. 그러나 여자들과 같이 벙커를 쓴다는 것은 마냥 좋은 일이었다. 이 좋은 일에 허 병장이 참을 리가 없다.

"그럼. 저희와 같이 옷을 갈아입나요?"

자기네 벙커에서 옷을 갈아입는다는 것만으로도 정신을 차리지 못할 정도로 들떴다. 그런데 꿈은 거기까지였다. 중대장의 단호한 대답에 정신이 차려졌기 때문이다.

"아니. 너희 먼저. 그럼 대대장님과 연예인들이 차 한 잔 나누는 동안 씻고, 옷 갈아입고 집합한다. 이상."

* * *

여자들이 잠시 사용할 벙커 선정이 논의됐다. 경쟁 끝에 공연장과 가까운 9중대가 당첨되었다. 9중대 중에서 어느 소대의 벙커를 빌려줄지 의견이 분분했다. 그러나 현재 비워져 있다는 명분에는 어떠한 것도 경쟁이 되지 않았다. 그래서 1소대 벙커가 행운을 얻은 것이었다.

간단한 결정 같지만, 속사정은 그렇지 않았다. 여자에게 벙커를 빌려주는 문제는 그들에게 있어서 굉장히 중요했기 때문에 경쟁도 치열했다. 대대 기지에 함께 주둔하고 있는 중대 간에 그리고 소대 간에 피 튀길 만큼 치열했다. 따지고 보면 치열할 만큼 대단한 일도 아니다. 연예단 여성들이 옷 갈아입는 장소를 제공하는 것뿐이기 때문이다. 그러나 남자들만 득실한 곳에서 여자들이 잠시나마 머물렀던 벙커를 쓸 수 있다는 행복감은 세상 무엇과도 바꿀 수 없을 만큼 값진 것이었다. 그런 행복감을 부하들에게 주고

자 중대장과 소대장들의 은근한 눈치싸움까지 벌어졌다. 자신 소대의 벙커를 여자들이 잠시만 써 준다면 어떤 불편함이 있더라도 감수할 수 있었다. 그렇게 해서라도 부하들에게 큰 위안을 주고 싶다는 게 그들의 공통된 생각이었기 때문이다.

결국, 1소대 벙커는 손님들의 차지가 되었다. 벙커 안에는 여자 연예인들의 공연 준비가 한창이었다. 여자들만 있다 보니 벗고 입는 것에 신경을 쓰거나 내숭이 없었다. 그들은 땀에 화장이 뜰까 봐 모두 시원하게 벗고 무대화장을 하고 있었다. 거울을 보며 화장에 열중하고 있던 무용수가 이상한 느낌에 뒤를 돌아봤다.

"까–악."

환기 구멍으로 사람의 눈이 희번덕거리는 것이다. 소스라치게 놀란 무용수가 손가락으로 환기 구멍을 가리켰다. 동료 무용수들도 같은 곳을 보고 무언가 있음을 확인했다. 그 무엇은 바로 한 병장과 허 병장이었다. 몰래 벙커 안을 들여다보다가 들킨 것이다. 들키는 바람에 놀라 중심을 잃고 모래 자루와 함께 안으로 떨어지고 말았다.

반지하 벙커 창문 밖에는 적의 포격이 있을 때 직격탄이나 파편을 막기 위해 모래 자루를 쌓아 놓는다. 이것은 빛과 공기의 흐름이 원활하도록 적당한 높이와 거리를 맞추어 쌓은 것인데, 여기를 발에 걸쳐 물구나무를 서서 들여다보면 사이즈가 딱 맞았다. 이는 한 병장의 머리에서 나온 것이다. 허 병장이 미리 염탐해 둔 창구멍과 한 병장의 아이디어가 합쳐서 두 사람이 한 자리에 있었던 것이다. 그렇게 사이좋게 모래 자루 윗부분에 발을 걸치고 무아지경에 빠져 있다가 그만 사고가 나고 말았다. 모래 자루가 무너지면서 순간 미끄러져 벙커 안으로 떨어버린 것이다.

벙커 안에 침입해버린 두 사람은 고개를 들지 못했다. 벗고 있는 여자들의 따가운 눈총에 고개를 들었다가도 다시 숙이고 만다. 굴러 떨어져 아픈 것은 두 번째였다. 두 사람은 둘러싼 여자들에게 까딱 잘못하다가는 꼬집혀 죽을지도 모르겠다는 위기감이 들었다. 창피하고 언제 달려들지 모르는 일촉즉발의 이 자리를 빨리 뜨고 싶었다.

둘은 장독을 깨뜨리고 엄마 앞에서 혼나기만을 기다리는 어린아이같이 서 있었다. 한 병장은 그때를 기억하면 떠올리고 싶지도 않았다. 젖은 옷에서 먼지가 나도록 정말 많았다는 것만 떠오르기 때문이다.

그때처럼 무슨 벼락이 떨어질지 기다리는 것은 고통스럽다. 최악의 상황이니 일단 싹싹 빌어보기로 했다. 이런 일에는 허 병장이 나섰다.

"아이고 아파. 언니들, 사실은 훔쳐보려는 게 아니고…."

변명하는 순발력은 한 병장보다 한 수 위로 자연스럽다. 옛날에 많이 당해본 경지의 위기 탈출 능력인가 싶다.

"예. 근무 나가려고 그랬는데…."

무용수 한 명이 말을 가로챘다.

"총을 가지러 왔단 그 말씀이지?"

둘은 어색하게 고개를 끄덕였다. 무용수는 마저 말을 이었다.

"아, 이 창구멍으로? 쯧쯧 사내들이란 그저."

여자들은 위문 공연을 다니며 이런 일을 자주 경험했던 탓인지 허 병장이 머릿속 생각까지 맞춰 버렸다. 그런 와중에도 두 병사의 눈은 여자들의 가슴을 더듬고 있었다. 한 병장과 허 병장은 차마 발걸음을 뗄 수 없었다. 이런 위기의 순간에서도 빨리 나가지 않고 뜸을 들이고 있는 것도 마찬가지 이유일 것이다. 조금이라도 벗은 여자들과 함께 있고 싶은 마음.

무용수 한 명이 옆의 무용수에게 웃음을 보내며 눈을 찡긋하고 농담을 건넨다.

"언니. 저 아저씨들 엄마가 보고 싶은가 봐."

언니라 불린 무용수가 두 병사 앞으로 다가왔다.

"그래! 내가 엄마를 눈물 나게 보고 싶어 하는 저 불쌍한 군인 아저씨에게 인심 한번 쓰지 뭐."

언니 무용수는 브래지어 끈을 풀어 가슴을 활짝 열어 보였다.

볼록한 두 봉우리가 눈에 가득 찬다.

그 어떤 산도 저토록 아름답지 않다.

그 어떤 산도 올라 보았어도 숨이 차지 않았다.

그런데 보기만 했어도 숨이 헉헉 막힌다.

다리에서 힘이 빠져 구름을 타고 있는 것 같다.

숨은 거칠어도 기분은 너무 아늑하다.

* * *

"맹호! 어떻습니까? 이 정도 솜씨면 예술의 경지 아닙니까?"

나무 벽에 한쪽 면에 깨진 거울이 달려 있고, 그 거울에 앉아있는 전 중위와 서 있는 인 상병이 비친다. 힘줄이 불끈 솟아 있는 우람한 팔로 힘차게 경례를 붙이며 살갑게 말을 붙인다. 천하의 꼴통 인 상병이 말이다. 대대 기지 내에 왕 꼴통으로부터 경례를 받을만한 상급자는 서너 명 안팎에 불과하다. 그래서 임자는 따로 있다는 말이 있나 보다.

인 상병으로부터 정이 가득 담긴, 나름대로 살가운 경례를 받은 전 중위는 상급자답게 묵직한 목소리로 말했다.

"수고했다. 너도 준비해야지."

"옛썰! 전 때는 뺐고, 이제 광만 내면 됩니다!"

인 상병은 싹싹하게 대답했다. 전 중위가 자리에서 일어서려고 하자 어깨를 누르며 앉아 있기를 권한다. 아직 뭔가 더 해줄 게 있다는 의미였다. 그는 전 중위 옷에 무엇이 묻어 있지 않은가 이리저리 살폈다. 그리고는 먼지라도 찾았는지 하나하나 떼어낸다. 여기서 끝나지 않았다. 깨끗한 수건으로 전 중위의 허리 아래를 탁

탁 털어내고는 아양까지 떨었다.

"좋은 시간 되십시오."

전 중위가 일어나 나가는 모습을 지켜보고는 다시 자리로 돌아왔다. 그 앞에는 목수건, 가위, 바리깡이 놓여있었다. 인 상병은 벽에 걸려있는 거울에 비친 자신의 모습을 바라보면서 흐뭇한 표정을 지었다. 그랬다. 인 상병은 이발병이었다. 그는 거울 속에 늠름하고도 잘생긴 자신을 보면서 기분이 좋아졌다. 스스로 멋지다고 감탄하면서 그가 신줏단지처럼 아끼고 아끼는 포마드까지 바르며 흥얼거리고 있었다. 그때 거울 속으로 누군가 걸어 들어왔다. 기분이 언짢아진 인 상병은 퉁명스럽게 물었다.

"뭐야?"

저놈은 도대체 무슨 생각으로 이런 날 이발을 하러 오는 것인지, 눈치는 어디다 팔아먹었는지 묻고 싶은 심정이었다. 인 상병은 뒤도 돌아보지 않고 방문자를 쫓아내려고 했다.

"오늘 영업 끝났어."

인 상병이 나가라는 말이 들리지 않았는지, 오히려 오늘이기 때문에 머리를 깎겠다고 덤빈다.

"이러고 나가면 여자들이 기절할 텐데…."

이건 협박이었다. 니가 머리를 깎아 주지 않아서 공연을 망치게 되면 어떻게 책임질 거냐고 묻고 있는 것과 같았다. 듣고 보니 그럴 것 같아 거울 속을 자세히 살폈다. 손 병장이었다. 거울을 다시 본 인 상병은 생각을 고쳐먹었다. '여자들이 기절할 거'라는 말은 협박이 아니었다. 비쩍 마른 체격에 검은 피부. 누가 보면 베트콩으로 의심해 놀라 자빠질 지경이었다. 거기다가 머리까지 덥수룩하니 여자들이 놀라 기절할 수도 있겠다는 말이 격하게 실감됐다. 인 상병은 곧 벌어질 쇼를 제대로 보려면 저 인간의 머리는 깎아 주어야겠다는 생각이 들었다.

손 병장을 자신의 앞에 있는 의자로 안내했다. 의자에 앉은 손 병장의 목에 원래 회색이었는지 검은색인지 모를 만큼 때가 새까맣게 찌든 천을 목에 감았다. 손 병장이 보기에 너무 더러웠다. 자연스레 목이 움츠러들고 몸서리까지 쳐졌다. 도저히 참을 수 없을 것 같아 손가락으로 옆의 깨끗한 천을 가리켰다.

손가락 끝이 가리킨 흰 천을 본 인 상병은 기가 막힌다는 투로 말했다.

"꿈 깨. 임마. 저건 장교용이야."

손 병장은 자신의 목에 때가 찌든 천이 감겨져 있다는 불편함을 곧 잊게 되었다. 인 상병이 머리 위에 알루미늄으로 만든 밥그릇을 엎어 놓았기 때문이다. 그렇게 대접을 머리 위에 엎어 놓더니 바리캉으로 그 부분을 제외한 나머지를 박박 깎고 있는 것이 아닌가! 손 병장은 당황하여 말이 나오지 않았다. 이 방법은 해병대 스타일로 분명 시원은 하겠지만, 깎고 나서의 뒷일을 어떻게 감당해야 할지 걱정이 앞섰다. 손 병장은 속을 끓이고 있는데도 인 상병은 개의치 않았다.

인 상병은 쓱쓱 바리캉으로 밀어내고는 자신의 옷에 붙은 머리칼을 털어내면서 옆을 힐끔 본다. 다 깎았으니 나가라는 신호다. 손 병장은 정신을 차리고 거울 속에 자신을 바라보았다. 거울 속의 자신과 눈이 마주친 손 병장은 너무 놀라 소리를 지를 뻔했다. 거울 속에 처음 보는 사람이 앉아있었기 때문이다. 거울 속에는 어떤 사람이 있었다. 눈과 코, 얼굴의 어느 것도 조화가 전혀 이루어지지 못한 못생긴 사람이었다. 자신의 얼굴이 분명하지만, 너무 다른 사람 같았다. 처음 보는 사람이 쉽게 다가올 수 없는 그런 모습이었다. 거울을 앞에 둔 손 병장은 당장이라도 울고 싶었다.

* * *

빈 하늘 가득 팡파르가 울려 퍼진다.

“빠바라밤 빠빠빠 빠바라밤”

오프닝 댄스로 쇼가 시작됐다. 가릴 것만 겨우 가린 무희들이 빠른 리듬에 맞춰 열정적으로 춤을 춘다. 이에 호응하는 장병들의 함성이 우렁차다. 어찌나 소리가 큰지 스피커 볼륨을 최대로 올려놓아도 객석 뒤쪽까지 밴드 소리가 다 전달되지 않을 정도였다. 그만큼 3대대의 열기는 뜨거웠다.

이토록 병사들을 뜨겁게 달군 이들이 있었으니 바로 위문 공연단이다. 노래와 춤, 따끈한 국내 소식, 눈물 묻은 부모님의 안부를 가지고 이들은 어디든 달려간다. 최전방 중대 진지까지 방문하여 병사들의 사기를 진작시키는 것이다. 어떤 때는 일기불순으로 병사들과 같이 먹고, 같이 자며, 생활하기도 한다. 바로 옆에 누워 자는 것은 아니지만, 그들이 함께한다는 것만으로도 장병들에게는 많은 위로가 되었다. 또 험한 곳임에도 위험을 무릅쓰고 와주었다. 적의 공격이 있기라도 하면 그들은 안전을 보장받기 어렵기 때문이다. 그들은 총은 들고 있지 않으나 같은 파월용사나 다름없었다.

3대대는 마땅한 무대가 없다. 그래서 급조하여 만든 무대가 식탁을 빼낸 식당이었다. 그나마도 바닥이 평평해서 무대로 쓸 수 있었던 것이다.

평평한 곳에 무대를 설치했으니 뒤쪽에는 잘 안 보일 수밖에 없었다. 사실 무대라는 말도 거창하다. 마주 보고 있는 경계선을 기준으로 공연자와 구경꾼을 구별할 정도였다. 때문에 앞줄에 앉은 병사가 고개를 빳빳이 들거나 앉은키가 너무 크면 뒤통수가 남아나지 않는다. 몸이 재빠르거나 운이 좋아서 앞자리를 차지했어도, 너무 흥이 난 나머지 궁둥이를 심하게 들썩이면 뒤에서는 난리가 난다. 뒤에서 날아오는 맥주 깡통에 머리를 맞기도 한다. 그도 그럴 것이 가뜩이나 안 보이는데 저 혼자 보겠다고 고개를 쳐들었으니 맞아도 싸다.

열기가 너무 뜨거워지자 잠시 식히기 위해 사회자가 나왔다.

흥분을 가라앉히는 방법은 간단하다. 즐겁고 신나는 분위기 대신 슬픔과 눈물을 끌어내면 된다. 사회자는 장병들을 의외로 쉽게 울릴 수 있다. 그들은 부모 형제를 보고 싶은 마음이 누구보다 간절한 상태다. 외로운 사람에게 "너 외롭지?"하면 그 외로움이 순식간에 커진다.

"늙으신 아버지 어머니를 고향에 두고…."

사회자는 이 한마디로 장병들의 눈물을 젖게 만들었다. 적과 마주 서서 총을 겨누는 냉철하고 용감한 장병들이 이 한마디에 무너져 눈물을 흘리고 만다. 엉엉 소리 내어 더 울고 싶은 사람은 바로 병사들이다. 시원하게 울고 나면 오히려 정신이 건강해지기도 한다. 울고 싶은 사람은 어떻게든 울어야 한다. 울고 싶어 하는 사람에게는 뺨 한 대 때려 주는 것이 도와주는 것이다. 사회자는 기어코 그 뺨을 때려 주고 만다.

"자, 그리운 어머니를 불러봅시다! 어머니. 어머니."

뺨을 내준 병사들은 어머니라는 한마디로 뺨을 맞아 눈물을 펑펑 쏟아냈다.

"조국에 계신 부모님들께서 전장에서 고생하고 있는 아들을 위로해 주라고 저희들을 보내셨습니다."

완벽하게 장병들을 울려놓고 사회자는 뒤로 빠진다. 때렸으니 약을 주려는 것이다.

병사들에게 약은 여자다. 터질 것 같은 가슴을 가진 무용수, 다리가 늘씬한 무용수, 예쁘게 생긴 무용수가 나오더니 빠르고 경쾌한 음악에 맞춰 춤을 추기 시작했다.

병사들은 심장이 뜨거워진다. 가슴에서 드럼 치는 소리가 울린다. 손끝에, 발끝에, 또 다른 끝에 힘이 치솟는다. 치솟은 힘은 무엇이든 다 할 수 있다는 믿음이다. 그 어떤 적도 물리칠 수 있다는 자신감이 솟는다. 병사들은 치솟는 힘을 주체하지 못해 열광의 도가니가 되어 끓어오른다.

얼마 가지 않아 야전 무대는 경계가 허물어졌다. 공연자와 병사들이 하나가 되어 모두 엉기어 춤을 추니 난장판으로 보일 지경이다. 땅이 울리고 대대 진지도 울린다. 병사들은 내가 언제 울기라도 했냐는 듯 즐겁다. 신바람이 난다. 너의 신바람과 나의 신바람이 어울린다. 모두의 신바람이 된다.

사회자가 다시 나와 병사들을 정리한다. 드디어 피날레 무대가 온 것이다. 사회자는 완전히 식지 않은 이 열기를 몰아 힘차게 외쳤다.

"자, 피날레 무대는 톱스타 김세레나!"

하늘하늘한 한복차림으로 그녀가 등장했다. 하늘에서 내려온 선녀가 따로 없었다. 병사들은 나무꾼이라도 되고 싶은 심정이었다. 선녀는 나무꾼을 보고 웃어 주었다. 나무꾼은 선녀의 날개옷이라도 숨겨 계속 이곳에 머물게 하고 싶었다.

선녀는 나무꾼 앞에서 사뿐사뿐 춤을 춰준다. 선녀가 나무꾼에

위문 공연

게 하늘의 노래를 들려준다. 병사들은 그렇게 보고 그렇게 들었다.

"갑돌이와 갑순이는 한마을에 살았더래요. 둘이는 서로서로 사랑을 했더래요."

병사들은 나무꾼이 되어 선녀와 함께 노래를 불렀다.

"그러나 둘이는 마음뿐이래요…."

* * *

"자. 찍습니다. 하나둘."

셔터를 누르는 소리와 함께 병사들이 달려든다. 분명 사진을 찍기 전에는 병사들과 여자들의 거리가 제법 있었는데, 찍힌 사진에는 엉망이다. '찰칵' 소리가 나는 동시에 병사들이 달려들어 여자의 모습은 보이지 않고 남자들만 엉켜있는 사진이 찍혔기 때문이다. 병사들은 서로 여자를 껴안으려고 한다. 그래서 대부분의 사진은 병사가 여자를 꼭 껴안고 있다.

사진 속 병사와 여자는 아는 사이가 아니다. 정확히 따지자면 사진을 찍기 위해 방금 눈을 마주쳤으니 한 30초 되려나? 그 짧은 시간에 병사는 여자에게 함께 사진을 찍어도 좋은지 양해를 구하고, 여자는 병사에게 그러자고 무언의 눈짓으로 사진을 찍은 사이일 뿐이다.

병사들은 여자들과 사진을 찍기 위해 여기저기 줄을 서서 기다린다. 그래서 차례가 되면, 처음에는 나란히 서서 사진을 찍는다. 그러나 그것도 잠시. 업거나 품에 끌어안고 사진을 찍으려 한다. 여자들은 기꺼이 받아 준다. 땀 냄새 풀풀 나는 병사들의 요구에 여자들은 인상 한번 찡그리지 않고 원하는 데로 포즈를 취해 준다.

병사들은 여자들의 가슴에 얼굴을 묻고 사진을 찍는다. 여자는 미소를 띤 채 모든 것을 이해하고 포용하는 엄마의 마음으로 아기에게 가슴을 내어주듯 장병들에게 포근한 가슴을 내어 준다. 병사들은 그 미소를 엄마의 얼굴로 받아들인다.

하나둘씩 원하는 사진을 찍은 병사들은 서로 자랑하느라 바쁘다. 그러나 상대가 안 되는 사진이 있었으니 바로 오늘의 메인 김세레나와의 사진이다. 한눈에 보아도 길게 늘어선 줄이 병사들의 기대를 한껏 높인다. 긴 줄 끝에 서는 병사들은 처음엔 무슨 줄인지 몰라 뒷사람에게 묻는다.

"왜 섰어? 뭐 줘?"

줄이 긴 만큼 기대가 큰 만큼, 그에 맞는 대답이 나온다.

"응. 김세레나와 사진 찍는 줄."

줄에는 기다림이 따른다. 혹여 누가 새치기를 하거나 한다면 줄에 대한 기대는 반감된다. 줄은 지켜 주어야 줄의 가치가 있는 것이다. 짬밥장 신 병장도 긴 줄에 가치를 더하기 위해 맨 끝에 섰다.

김세레나는 무대를 마치자마자 사진을 찍기 시작해서, 찍고 또 찍어 이미 백여 명과 같이 사진을 찍었다. 땀이 흐른다. 그녀는 땀을 닦을 때도 슬기롭다. 손수건을 꺼내 얼굴에 흐르는 땀을 씻고 가슴의 땀도 문지르듯 닦는다. 땀을 닦는 모습을 감추기 위해 병사들에게 미소를 던진다. 그리고 살갑게 손짓하며 병사들이 눈치채지 못하는 섬세한 동작으로 겨드랑이 땀도 슬쩍 닦아낸다.

김세레나는 땀을 훔쳐 닦으며 자기 차례를 기다리는 병사들 한 명 한 명에게 눈길을 주고 있었다. 그런데 갑자기 불쑥 손이 들어와 그녀의 손수건을 잡아채는 이가 있었다. 바로 짬밥장 신 병장이다. 그가 힘주어 손수건을 잡아당기자 그녀는 깜짝 놀라 손수건을 마주 당겼다. 이에 질세라 신 병장도 더 꽉 쥔다. 팽팽해진 손수건이 점점 신 병장 쪽으로 기울었다. 아무래도 남자의 힘을 당해낼 수는 없는 것이다. 그녀는 곧 손수건을 빼앗기리라는 것을 인정하고, 기왕에 뺏길 것이라면 기분이라도 좋게 주는 쪽으로 하기로 했다. 거기다 덤까지 보태면 금상첨화가 아닐까 생각한다. 김세레나는 활짝 웃으며 손수건을 쥔 손에 힘을 풀고 신 병장에게 내밀었다.

"무운을 빌어요!"

무운을 빌어준다는 말과 함께 신 병장의 이마에 키스까지 해주었다. 주위에서 이 장면을 목격한 병사들은 난리가 났다.

김세레나가 신 병장의 이마에 키스를 해준 것은 하나의 사건이었다. 병사들은 김세레나와 사진 한 장 찍는 것도 황홀한데 키스까지 받는다면 거의 기절할 일이다. 없었으면 모르나 있다면 가지고 싶은 것이 없는 사람의 욕심이다. 그러니 떼를 써서라도 받을 수만 있다면 모두 그렇게 하겠다고 나서기 시작했다. 힘으로 해결하는 것을 봐 버린 것이다. 어렵게 유지되던 평화가 순식간에 사라졌다. 원래 없던 교양을 있는 척하기보다는 덮쳐서라도 빼앗는 것이 순리를 지키는 것보다 이득임을 새삼 터득했기 때문이다.

죽기 살기로 달려드는 병사들을 향해 그녀는 무척 아쉬운 얼굴로 말했다.

"손수건이 더 없거든요."

병사들의 욕심은 무산됐다. 역시 어쩌다 일어난 일은 다시 일어나지 않는다. 그러나 너무 실망할 것은 없다. 김세레나가 신 병장에게 키스를 해준 것은 개인 신 병장에게만 해준 것이 아니라 모든 병사들에게 하는 키스였다. 모든 병사를 아끼고, 아주 많이 사랑한다는 의미의 퍼포먼스였다. 단지 그 순간, 뚱땡이 신 병장이 그 자리에 있었다는 이유만으로 운 좋게 대표로 받은 것뿐이다.

어느덧 헤어질 시간이 되었다. 병사들은 잘해야 일 년에 한두 번뿐인 여자들과의 이별을 받아들이는 것은 고문이다. 그렇지만 다른 곳에서 고생하고 있는 전우들을 위해 보내주어야 한다. 병사들은 꾸역꾸역 현실을 받아들이고 있었다.

치누크가 굉음을 내며 날아올랐다. 병사들은 치누크를 향해 힘껏 손을 흔든다. 연예단원들도 치누크 안에서 열심히 손을 흔들어 주었다. 그중 가장 열심히 손을 흔드는 이가 있었다. 아직 키스 자국을 지우지 못한 신 병장이다.

"투코"로 가시오

조용한 숲 속.

북베트남군 장교 복장 차림의 한 인물이 은밀하게 움직인다. 장교는 걸음을 멈추더니 주위를 다시 한 번 살핀다. 땅굴이었다. 그는 위장된 땅굴 입구를 열고 안으로 들어갔다. 지하로 들어온 장교 복장의 인물은 뚜껑을 잡아당겨 입구를 도로 막았다. 완전히 차단된 빛으로 순간 암흑천지가 되어 버렸다. 그는 어둠이 눈에 익기를 기다린다.

잠시 후. 눈앞에 끝이 보이지 않는 동굴이 나타났다. 장교는 희미한 빛을 따라 지하 통로를 이동했다. 그가 걸음을 멈춘 것은 회의실이었다. 제법 넓은 공간의 회의실이다. 벽에는 붉은 바탕에 노란색 큰 별 하나다가 북베트남군 국기가 있었다. 그리고 그 아래 큰 상황판이 붙어있다.

땅굴 속 회의실에서는 오랫동안 논의가 이어졌다. 무겁게 가라앉은 부위기에 상황판의 한 지점을 가리키는 막대에 힘이 들어가 있다. 상황판을 바라보는 북베트남군 장교들의 눈길에선 비장함이 감돌았다.

상황판 앞에서 브리핑을 하고 있는 사람은 응웬 대위다.

"한국군은 우기가 끝나면 움직일 것 같습니다. 예측되는 지역은 바로 여기. 투코."

투코라고 불리는 지역이 북베트남군 측의 예상 전투장이었다. 작전참모는 공격 시점에 대해 설명했다.

"우리가 먼저 이동하여 투코에서 한국군을 기다립니다. 그리고 한국군이 도착하는 시점에 맹공격을 하면 쉽게 승리를 할 수 있을 것입니다."

***

맹호부대의 작전회의실.

회의에는 사단장, 기갑연대장, 참모들, 포 사령관과 미군 정보 장교가 참여했다. 한국군의 작전참모 권 중령이 브리핑을 하고 있었다.

"우리 한국군은 베트남 중부지역에서 작전 중인 미군을 측면 지원하기 위해 북베트남군이 장악하고 있는 지역으로 진군할 것입니다. 작전 지역은 여기. 투코입니다."

권 중령이 가리키는 지점은 북베트남군이 지목한 지역과 같은 장소였다.

"투코."

투코 지역이 선택된 것은 우연의 일치가 아니다. 투코 지역은 한국군과 북베트남군 양측에서 전략적 중요한 요충지이기 때문이다.

앞으로 한국군과 북베트남군의 싸울 장소가 정해졌다. 작전이 시행될 시기도 결정됐다. 우기(雨期)가 끝나면. 병력 규모도 결정한다. 일개 중대가 진격하여 교두보를 확보한 뒤 북베트남군의 동향에 따라 대응하기로.

* * *

북베트남군 사령관은 생각이 다르다.

"우리의 조국통일과업은 많은 승리가 필요하다. 그러므로 이번 전투의 승리는 향후 한국군의 활동 전반에 제약을 가할 정도의 완전한 승리가 필요하다. 때문에 한국군이 방어 태세를 갖추게 한 후 공격을 해야 한다."

사령관은 목소리에 힘을 실어 역설했다. 결과보다 싸우는 과정이 더 중요하다는 것을 말한다.

"일 개 중대를 섬멸하였다 해서 통일 전쟁까지 승리하는 것이 아니다. 당당한 승리여야 한다. 철저한 응징으로 본보기를 보이자는 것이다."

사령관은 지휘봉으로 탁자를 내리치며 결의를 다진다.

"그래야 이 땅에서 더 이상 한국군이 설치지 못할 것이다."

사령관은 휘하 지휘관들을 둘러보며 다짐한다.

"철저한 승리. 완전한 승리."

* * *

맹호부대 작전회의실에 긴장감이 흐른다.

"이번 작전은 매우 중요하다. 우리 한국군은 아직 북베트남군의 정규군과 전투는 없었다. 그러므로 이번 전투의 승패는 향후 있게 될 많은 작전에 큰 영향을 미칠 것이다."

사단장의 말이 이어진다.

"적들도 반드시 우리를 이기려 할 것이다. 우리를 반드시 이겨 한국군의 사기를 꺾으려 한다는 것을."

그의 목소리에는 강한 의지가 담겨 있었다.

"이 작전은 중소규모의 작은 작전이나 향후 우리의 행동 전반에 영향이 따를 것이다. 명심하시오. 어떻게 싸우느냐가 중요하다는 것을…. 기갑 연대장!"

기갑 연대장이 자리에서 일어나자 사단장은 출동 명령을 내렸다.

"투코로 가시오."

* * *

시꺼먼 하늘에서 장대비가 쏟아져 내리고 있다. 대대 기지의 벙커 처마에서는 빗물이 폭포처럼 흘러내린다. 벙커 안에는 소대원들이 쉬고 있었다. 몇몇은 장기를 두고 있고, 또 몇몇은 이미 읽은 편지를 다시 읽거나 답장을 쓰기도 한다. 그리고 몇은 모포를 뒤집어쓰고 낮잠에 빠져있다. 더운 나라인 베트남에서 모포를 쓰고 잔다는 것이 언뜻 이해가 되지 않을 것이다. 하지만 우기에는 이곳도 춥다.

왼쪽 무릎을 세워 오른쪽 발을 걸쳐 놓은 채, 깍지 낀 두 손을 머리에 대고 누운 한 병장이 킁킁거리며 중얼거렸다.

"아, 이 향기! 천국의 향기!"

가슴을 보여주었던 그 여자가 눈앞에서 아른거리는 모양이다.

"우리 소대는 정말 복 받은 거야!"

여자들이 이 벙커에 들어왔던 것이 벌써 한 달이 되어 간다. 한 일주일 정도는 벙커 안에 여자 냄새가 조금 남아 있기는 했다. 그러나 한 달이 흐른 지금, 아무리 공기 순환이 잘 안 되는 지하 벙커라 해도 한 달이나 여자 냄새가 남아 있을 리가 없었다. 그저 한 병장의 머릿속에만 여자들의 향기가 남아 있는 것이다.

바닥에 놓인 신발들을 정리하던 허 병장은 편하게 누워 있는 한 병장을 바라보았다. 고참들의 눈치를 보지 않는 한 병장이 부러운 눈빛이다. 허 병장도 그러고 싶지만 아직은 짬밥 서열이 안 된다. 더 샘이 나는 것은 한 병장이 냄새마저 혼자 즐긴다는 것이다. 그날 여자들에게 얼마나 싹싹 빌었던가? 억울한 생각이 들자, 눈치껏 코를 벌렁거리며 여자 냄새를 찾아 벙커 안 여기저기를 찾아다녔다.

허 병장이 그러든 말든 한참을 빈둥거리던 한 병장이 갑자기 눈을 번쩍 뜨며 소리쳤다.

"이런 구질구질한 날엔 따끈한 라면이 최고!"

또 허 병장의 속을 뒤집어 놓는 소리였다. 천하에 한 병장 같은 구두쇠도 없기 때문이다. 이 인간이 라면 먹을 때는 허 병장이 옆에서 아무리 "맛있어요?" 물어도 국물 한 숟가락 남기지 않고 다 먹어버린다. 더 기가 막힌 것은 한 병장이 누구에게 공갈을 쳤는지 라면을 박스 채 갖고 있다는 것이다.

한 병장은 단숨에 일어나 뒤로 돌아 앉았다. 벽에 부착된 관물대를 열쇠로 열더니 그 안에서 백설기같이 생긴 것을 엄지손톱만큼 떼어 냈다. 그리고 깊숙한 곳에 숨겨둔 라면 하나와 프라이팬도 꺼낸다. 그는 침상 아래로 내려와 맨땅에 쪼그리고 앉아, 백설

기같이 생긴 것을 다시 콩알만 한 크기로 만들었다. 거기에 성냥불을 붙이자 '화악'하는 소리를 내며 순식간에 불꽃이 피어올랐다. 이것은 바로 크레모아라고 불리는 지뢰의 장약이다.

크레모아(클레이모어지뢰 claymore mine 地雷, M18A1)는 미국에서 개발한 대인지뢰의 일종으로 그 안에 들어있는 장약이 점화되면서 700여 개의 작은 금속 파편이 산탄총처럼 박혀 인명을 살상시키는 지뢰다. 땅속에 설치하는 일반 지뢰와는 달리 지상에 세워서 설치하기 때문에 살상 규모가 크다는 특징이 있다.

한 병장은 다른 중대 방어 구역에 설치된 크레모아에서 장약을 훔쳐왔다. 그때 허 병장이 망을 보았는데 망본 값으로 받은 자신의 장약은 까불며 자랑하다가 고참들에게 빼앗겼다. 소란 떨지 않고 고이 보관해 둔 한 병장은 이제야 제대로 그 값어치를 발산시키고 있던 것이다.

불붙은 크레모아 장약은 파란 불꽃을 내며 피어올랐다. 화력이 어찌나 강한지 일 분밖에 안 됐는데 라면이 끓는다. 라면 물이 끓으며 내는 소리와 스프 냄새가 벙커 안을 채웠다. 이 병장과 장기를 두고 있던 곽 병장이 한마디 했다.

"한 병장 고맙다."

한 병장은 가슴이 철렁했다. 무슨 놈의 세상이 라면 한 젓가락을 편히 먹을 수 없으니 말이다. 이에 굴하지 않는다는 듯 그는 라면에 얼굴을 가까이 들이밀며 말했다.

“예? 드시고 싶으면 쫄병 꺼 착취 마시고 직접 끓여 드세요.”

요걸 몇 젓가락으로 먹을까 하며 입맛을 다시는 한 병장을 곽 병장이 째려보고 있었다. 빈말이라도 같이 먹자고 할 줄 알았는데 깨끗하게 거절당해 우스워진 것이었다. 곽 병장은 자리에서 일어나 위에 달린 전선을 당겼다. 전선으로 이어진 불이 켜져 있는 백열등을 들고는 허 병장을 불렀다.

“허 병장. 내가 전기 스파크를 일으키려 하는 데, 니가 내 대신 한 병장을 교육 좀 시켜줄래.”

허 병장도 한 병장이 얄밉게 보이기는 마찬가지였다. 이전에 크레모아 장약을 한 번 더 나눠 달라고 부탁했을 때 안면 몰수당한 일도 떠올랐다. 안 그래도 속이 뒤틀리던 차에 제대로 때를 만났다 싶었다. 허 병장은 이제 십 년 묵은 원수를 갚을 수 있다는 그런 기분이 들었다. 회심의 미소를 감추며 그는 차렷 자세로 곽 병장을 향해 모두 발언을 했다.

“스파크가 일어나면 한 병장이 짱박아 둔 크레모아 장약이 터집니다. 그러면 이 벙커는 날아갑니다.”

그러더니 한 병장이 들고 있는 라면을 손가락으로 가리키며 소리쳤다.

“저 라면 때문에 우리 모두 죽습니다.”

곽 병장은 허 병장에게 더 물었다.

“허 병장 니가 살고, 우리 모두 살자면?”

허 병장은 명확하게 대답했다.

"예. 저 라면을 꽉 병장님께서 조금, 정말 쪼금 드시면 됩니다. 그게 저와 우리 모두가 사는 길입니다."

이야기를 마친 허 병장은 천천히 한 병장 쪽으로 다가갔다. 한 병장은 라면이 담긴 냄비에 침을 뱉었다. 내 것이라는 찜을 단호하게 한 것이다. 그는 한 젓가락도 뺏길 마음이 없었다.

'한 병장. 니놈이 그러면 그렇지.'

소대원들은 속으로 그렇게 생각하며, 자신의 것이 될 수 없음을 인정한다. 그러나 허 병장은 인정할 수 없었다. 더 가까이 한 병장에게로 다가갔다. 그러자 한 병장은 냄비를 들고 도망가려고 한다. 가만히 있을 허 병장이 아니었다. 허 병장은 깊은 곳부터 가래를 끌어올리기 시작했다. 이 소리를 들은 한 병장은 화들짝 놀라 벙커 입구를 향해 뛰어갔다.

허 병장은 제자리에서 끌어올린 가래침을 조준해 카악 하고 내뱉었다. 그의 가래침은 한 병장의 머리를 훌쩍 넘어 정확히 라면 냄비로 떨어졌다. 한 병장의 얼굴이 일그러진다. 소대원들은 좋은 구경거리를 놓칠세라 목을 길게 빼고 한 병장의 얼굴과 라면 냄비 속 가래를 번갈아 보며 키득거렸다.

* * *

방벽선에도 굵은 빗방울이 떨어지고 있다. 동찬과 최 병장은 보초 근무를 서며 그 모진 비를 다 맞고 있었다. 그들의 철모에서 빗물이 폭포처럼 떨어진다. 하염없이 빗소리만 이어지고 있었다. 그런데 갑자기 "짝"하는 소리가 들렸다. 최 병장은 깜짝 놀라 동찬을 바라본다. 동찬은 손으로 뺨을 감싸고 있었고, 손을 떼자 핏물이 뺨을 타고 흘러내렸다.

"무슨 놈의 모기가 이런 빗속에서도 설칩니다."

그때서야 돌부처같이 빗속 먼 곳으로 시선을 묻고 있던 최 병장이 입을 열었다.

"모기도 먹고 살려고 그래. 너 모기에 물리면 제일 가려운 데가 어딘지 알아? 발뒤꿈치와 불알 밑이야."

동찬은 생각했다. 모기가 어떻게 불알 밑을 물 수 있을지. 그리고 끄덕였다.

'하긴 거기에 물리면 많이 가려울 거야… 근데 긁는 방법 말고 가려움을 멈추게 하는 다른 방법이 있을까?'

동찬은 생각에 빠졌다. 그리고 다시 침묵이 흘렀다. 오랫동안 긴 시간을 빗소리에 맡기고 있었다. 그러다 먼저 입을 뗀 것은 동찬이었다.

"이 말. 꼭 물어보고 싶었는데…. 저야 군대 늦게 와서 아들 하나 키우는 마누라에게 제대할 때까지 뭐를 해줄 딴 방법이 없어 월남에 왔지요. 최 병장님은 저와 다른 것 같아요."

최 병장이 대답했다.

"나는 진짜 승부가 어떤 건지 알고 싶었다. 목숨을 건."

동찬은 얼른 알아들을 수가 없었다. 왜 목숨까지 걸어가며 승부를 해보겠다는 건지. 참 별거를 다 알고 싶어 하는구나 하고 생각했다. 약간 어색한 분위기가 흐르고 있던 그때 갑자기 인기척이 들려왔다. 동찬과 최 병장이 있는 쪽으로 누군가 걸어오고 있는 것이다. 장대 같은 빗속에 한 번에 알아볼 수는 없었지만, 최 병장은 금세 알아보고는 아는 체한다.

"돌목사 아니냐?"

돌목사라 불린 이도 대꾸했다.

"반갑다는 인사가 뭐 그래?"

그는 그렇게 인사를 하더니 막무가내로 초소 안으로 밀고 들어왔다. 세 명이 퍼질 대로 퍼진 판초 우의를 입고 있어서 초소 안은 가득 찼다. 그는 판초 우의 한쪽을 걷어 올려 커피포트를 꺼내며 말을 이었다.

"나 아니면 이 빗속에 누가 커피를 갔다 주냐?"

"누가 달랬어?"

최 병장은 퉁명스럽게 굴었다. 그는 아랑곳하지 않고 커피포트 뚜껑을 열어 동찬에게 한잔하겠냐는 신호를 보냈다. 최 병장은 아예 마실 생각도 없어 보였다. 동찬은 최 병장처럼 거절할까 하다가 비를 맞으며 찾아온 성의를 봐서 받아주기로 했다.

"감사합니다."

돌목사라 불린 방문자는 커피 잔에 짙은 향을 풍기는 커피를 담아 동찬에게 내밀었다.

"쭉!"

잔 속에서는 김이 모락모락 피어오르고 있었다. 동찬은 처음 보는 사람에게 커피를 받는다는 것이 미안해 얼른 손이 나가지 않았다. 그러자 최 병장이 말했다.

"마시지 않는 게 좋을걸."

꼭 마시지 말라는 말은 아니었다. 동찬은 한기를 느끼는 몸에 따듯한 커피 한잔이 들어가면 좀 낫겠다 싶어 커피를 마시기로 했다. 따듯한 커피 한잔으로 마음까지 따듯해지는 기분이었다. 방문자는 동찬이 커피를 마시고 있는 모습을 흐뭇하게 바라보았다. 하지만 최 병장이 돌목사에게 한 말은 따듯하지 않았다.

"야. 돌목사야. 너도 보초 좀 서지. 왜 맨날 니 목숨을 남들이 지켜줘야 하냐?"

최 병장은 보초를 서야 하거나 공동 작업을 할 때마다 봉사니 전도니 하면서 빠지는 이 친구를 못마땅하게 생각해 왔다. 그래서 오늘 만난 김에 어렵게 말을 꺼냈는데 이 친구는 눈치가 없는 것이 전혀 그렇게 받아들이고 있지 않았다. 오히려 더 당당했다.

"대신 커피 봉사를 하잖아!"

최 병장은 화가 치밀었지만 조금 억누르며 말했다.

"그래? 너도 남이 하기 싫어하는 보초를 서면서 봉사를 하면 좋겠단 말이다. 그러면 너의 하나님도 이뻐 하실 텐데…."

평소에 말이 없던 그가 이렇게까지 길게 말을 하는 것은 뭔가 심상치 않음을 예고하는 것이었다. 동찬은 당황해 들고 있던 커피를 단숨에 들이켜고는 뜨거워 어쩔 줄 몰라 했다. 방문자도 이제야 눈치를 챈 모양이다. 동찬에게 커피 잔을 빼앗듯 챙기며 몸을 돌리더니 끝까지 한마디 남겼다.

"의인에겐 시기가 따르나니…."

방문자는 초소를 나와 쏟아지는 빗속으로 사라졌다. 동찬은 멀어지는 뒷모습에 눈길을 돌리면서 물었다.

"누굽니까?"

최 병장이 껄껄 웃으며 답했다.

"응 파월 동기야. 내 저놈을 꼭 인간 만들 거야."

동찬은 최 병장의 말을 되씹어 보았다.

'인간다운 것은 무얼까?' 자꾸 곱씹어 볼 때마다 다른 답이 떠올랐으나 결국 다를 것이 전혀 없다는 사실을 발견했다. 그냥 서로에게 불편하지 않게 사는 것이다.

망루에서 비치는 서치라이트 불빛이 두 사람 앞을 길게 지난다.

* * *

싸울 장소가 결정됐다. 싸울 병력의 규모도 정해졌다.

한국군은 일개 중대 백여 명이 투코로 진군할 것이다.

북베트남군 지휘관은 완전한 승리를 위해 열 배에 가까운 병력을 투입하려 한다.

이제 병력을 은밀히 이동하여 한판 붙는 일만 남은 것이다.

북베트남군은 정예군 754부대에 출동 명령을 내렸다. 한국군이 오기 전에 미리 투코로 진입하기로. 북베트남 정예군은 작전을 수행하기 위해 길을 떠난다.

나가서 싸우고, 싸워서 이겨라.
한국군과의 첫 번째 싸움이니 반드시 이겨야 한다.
북베트남 젊은이 천여 명에게 주어진 임무는
너의 땀과 피로 너의 아들딸들이 통일된 나라에서
미래의 꿈을 펼치게 하라 그것이 너의 몫이다.

산등선에 희미한 불빛이 점점이 박혀있다. 베트남의 우기는 막바지에 이르고 있었다. 그러나 비는 처음처럼, 앞으로도 계속 내릴 것처럼 쏟아졌다.

빗속에서 북베트남군은 비닐로 몸을 감싼 채 진군하고 있었다. 비닐로 몸만 감싼 것은 아니다. 탄약과 식량이 젖지 않게 하고 있었다. 그들은 미국 공군의 B52 폭격을 피해 낮에는 정글에 은신하거나 휴식을 갖고, 야간에 희미한 플래시 불빛을 따라 이동했다.

산악과 정글로 진군하는 북베트남군에게는 이동 수단이 마땅치 않았다. 미군처럼 헬기로 이동하기란 꿈에도 불가능하고, 필요한 보급품을 나르기 위한 차도 없으려니와 있어도 기름조차 부족

북베트남군 정규군

했다. 그러나 그들에게는 의지가 있었다. 의지라는 그 하나가 바로 강력한 무기였다. 북베트남군의 젊은이들은 갈라진 나라, 외세에 억압을 받는 나라를 바로 세우기 위해 자신의 목숨을 걸고 있었다. 그들은 몸으로 싸우면서, 국가에 무엇을 바라고 있지 않았다. 그저 싸울 수 있는 팔다리가 있는 한, 숨을 쉬고 있는 한, 얼마든지 적과 싸울 수 있어서다.

* * *

작전이 없을 때 벙커 안은 늘 같은 모습이다. 편지 읽기와 쓰기, 장기 두기 등…. 최 병장이 정글도의 칼날을 닦는 모습도 항상 같다. 오늘은 손 병장 주위에 둘러앉은 얼굴이 몇 명 바뀐 정도의 변화가 변화라면 변화다.

손 병장 앞에는 방명록이 펼쳐져 있다. 노트 서너 권정도 두께의 백지로 된 방명록은 C레이션 박스로 만든 표지가 붙어 있었다. 방명록 안에는 병사들과 대대의 모습 등 다양한 그림이 그려져 있다. 아직 뚜껑 머리를 하고 있는 손 병장은 그림을 그리다 말고 손을 멈췄다.

"원래 화가는 알딸딸해야 붓이 잘 나가는데 말이야."

방명록 주인에게 뭐 좀 내놓으라는 언질을 주는 것이다. 그래도 아무 기척이 없자 노골적으로 나가기 시작했다.

"맨 정신으로 그릴 수는 있지만, 그림이 살아 있질 못해."

C레이션 비스킷조차 미처 준비하지 않은 방명록 주인 김 병장은 미안한지 아무 말도 없다. 손 병장이 그리기를 멈추고 시간을 끌자 옆에서 구경하던 박 병장이 대신 나서 주었다.

"화가! 놀고 있네. 극장에서 간판이나 그리던 놈도 화가냐?"

"그럼. 극장 간판이 진짜 그림이지! 논두렁 촌놈인 니가 피카디리나 단성사 극장의 간판을 봤겠어?"

박 병장은 손 병장에게 다가가 방명록을 보며 말했다.

"이거. 이거. 이거. 어떤 화가가 발로 그린 걸 거야."

그는 방명록에 그려진 그림을 한 장 한 장 넘기며 이죽거렸다. 손 병장도 자기 그림이 어느 정도인지 알고 있다. 자기가 보아도 별 볼 일 없는 그림이라는 것을 알고 있기에 처음부터 그리기 싫다고 거절했었다. 마지못해 그리는데 대가나 바라는 놈이라고 몰고 있으니 섭섭했다. 더욱이 강제 노동을 하고 있는 자신에게 어떤

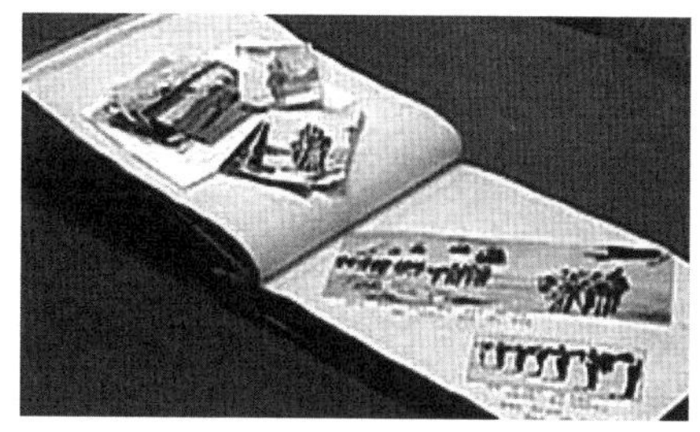
방명록 (대개 1권씩은 준비하는 것)

놈 발을 운운하니 열이 받았다. 뚜껑 머리를 한 손 병장은 진짜 뚜껑이 열릴 것처럼 씩씩거렸다.

"이 새끼야! 그럼 전에 넌 왜 그려 달랬어?"

손 병장이 박 병장의 멱살을 잡았다. 이에 질세라 박 병장도 멱살을 맞잡았다.

보통 벙커 안에서는 싸움이 자주 일어난다. 이런 싸움은 서로 맞잡은 멱살을 두어 번 흔드는 것으로 끝이 난다. 처음부터 치고 받으려고 시작한 싸움이 아니기 때문이다. 혈기 왕성한 젊은이들을 한 장소에 가둬 두면 이런 일들이 비일비재하다. 벙커 안 병사들은 닭장의 수탉처럼 늘 그렇게 산다.

손 병장과 박 병장이 한창 멱살잡이를 하고 있는데, 갑자기 낯선 인물이 소대 안으로 들어왔다. 둘은 누가 먼저랄 것도 없이 서로 맞잡은 멱살을 풀었다. 소대원이 아닌 타인에게는 보여주기 싫은 모양이었다. 낯선 이의 방문은 소대원들의 시선을 한 번에 끌기 충분했다. 갑자기 나타난 방문자는 벙커 안을 쭉 둘러보더니 편지를 읽고 있는 동찬에게로 가 걸음을 멈추고 말했다.

"커피 값 줘."

편지 읽기에 몰두하고 있던 동찬은 고개를 들어 그를 쳐다보았다. 한 번에 누구인지 알아 볼 수는 없었으나 어딘가 낯이 설었다. 어디서 봤는지 가만히 기억을 더듬고 있는데, 이 방문자는 넉살도 얼마나 좋은지 동찬의 옆자리에 다정스레 앉으며 말했다.

"조크 야. 잠시 기도나 같이 하자는 거지."

그 순간 동찬의 머리를 스치고 가는 이가 있었다. 바로 보초 설 때 커피를 준 문 병장이다. 동찬은 그때의 기억을 떠올리며 반갑게 인사했다.

"아, 그때 커피는 감사했어요."

그리고는 커피 값으로 전도 대상이 되고 싶지 않은 듯 선뜻 기도하기를 망설였다. 문 병장이 벙커에 들어올 때부터 눈여겨보고 있던 최 병장은 닦고 있던 정글도를 칼집에 꽂으며 물었다.

"야. 문 병장 교회를 믿으면 천당 가냐?"

최 병장은 피 튀기며 싸우지만 않으면 절대 나서는 일이 없는 사람이다. 그런 최 병장이 나서고 있었다. 소대원은 모두가 의아한 눈으로 최 병장을 보았다. 이거 장난이 아닌데 하는 눈빛이 한곳으로 몰린 것이다.

문 병장은 또 분위기 파악을 못 하고 있었다. 어떤 일이 벌어질 것이 아니라 드디어 때가 왔다며 속으로 쾌재를 불렀다. 그도 그럴 것이 얼음장 같던 최 병장이 평소 쓰지 않던 교회라는 용어를 썼기 때문이다. 최 병장만 전도하면 이 소대 전부를 전도할 수 있을 것이라는 생각에 마음속으로 찬양했다.

'하나님 감사합니다. 할렐루야! 저에게 전도를 능력을 주심에 감사드립니다. 저의 전도 정성을 인정해 주시고 이런 기회를 주심에 더 없이 감사드립니다!'

문 병장은 정성이 넘치는 어투로 말문을 열었다.

"그래. 그래. 천당 가지. 교회를 믿는 게 아니라 예수님의 사랑을!"

사랑이란 단어가 나오자 최 병장은 재빨리 말을 끊어 버렸다.

"어떻게 하는 사랑?"

"사랑하면 된다. 서로가 서로를…."

문 병장은 너무 기뻐하며 대답을 해주었다. 최 병장은 이 말이 나오기를 기다렸다는 듯이 다시 말을 끊고 나섰다.

"사랑 좋지…. 그런데 말이야. 남들은 다 너를 사랑하는데, 너만 너를 사랑하지 않아."

문 병장은 정통으로 찔린 듯 당황해 하는 기색이 역력했다. 하지만 최 병장은 너 잘 걸렸다는 식으로 말을 이어나갔다.

"왜. 못 들었어? 남들은 힘들게 일하고 보초 설 때, 너가 요리 빠지고 조리 빠지는 것을 보면…."

문 병장의 생각과는 달리 이야기가 이상하게 돌아가자 위기를 느끼고 자리에서 벌떡 일어났다. 그렇게 급급하게 피하려고 일어나 도망을 치면서도 끝까지 할 말은 다 하고 간다.

"주여 악마가 나를 시험하고 있나이다."

꽁무니 빠지게 도망가는 모습을 보며 소대원들은 배를 잡고 웃었다. 모두들 고소해 하는 얼굴이다. 특히 한 병장이 더 고소해 하고 있었다.

"나도 뺀질이지만 저 새낀 더 해."

최 병장은 그가 나간 쪽을 바라보며 혼자 중얼거렸다.

"내가 꼭 저놈의 버릇은 고쳐 놓는다. 그런데 이놈의 비는 언제 끝나나."

하염없이 쏟아지는 빗소리가 오늘따라 유난히 크게 들린다.

대대장 벙커 입구에는 두 그루의 바나나가 심어져 있다. 생각없이 심어 놓고 보니 사진을 찍을 때 배경으로 쓸 만하다.

대대장 벙커 안 천정에는 선풍기가 매달려 있다. 선풍기도 더위를 먹었는지 도는 둥 마는 둥 천천히 돈다. 선풍기 아래 대대장과 9중대장은 책상을 마주하고 의논 중이었다.

"자네 귀국 일자가 며칠 남지 않았는데 이번 작전을 왜 굳이 나가려고 하는가?"

대대장은 그동안 9중대장의 수고를 치하하여 신임 중대장의 부임을 앞당기려고 했다. 그러나 9중대장 강 대위는 흔들림 없이 답했다.

"전투지에 부하들만 보낼 수 없습니다. 며칠이나마 주어진 날까지 함께 하겠습니다."

대대장은 강 대위가 같은 말을 두 번 하지 않는다는 것을 잘 알고 있었다.

"알겠네. 그럼 준비하게."

* * *

그치지 않을 것 같았던 비가 그쳤다. 쨍쨍 내리쬐는 햇볕이 벙커 지붕 위에 내려앉자 병사들이 하나둘 모포를 꺼내와 널기 시작했다.

벙커 지붕은 흙에 콜타르를 섞어 만든 아스팔트로 되어 있다. 그래서 오늘처럼 햇빛이 강한 날이면 모포를 널자마자 거짓말처럼 바싹 마른다. 어찌나 지붕이 뜨거운지 거짓말을 좀 더 보태 말하면 계란 반숙이 만들어질 정도다. 병사들이 모포를 널고 말리면서 한 가지 더 말려야 하는 것이 있었다. 바로 사타구니와 그것이다. 3개월의 우기 동안 반지하 벙커 안에서 나오지 못하다시피 했다. 습기로 꿉꿉하고 끈적끈적한 벙커 안에서만 있다 보니, 혹시 그곳에 곰팡이가 피지는 않았나 확인했던 적도 한두 번이 아니었다. 그렇게 고장 날 수도 있다는 두려움은 전투지에서 부상을 당할 수도 있다는 두려움만큼이나 컸다.

오늘의 모포 말리기 당번인 동찬과 허 병장이 지붕 위로 올라왔다. 둘은 좋은 기회라는 생각에 벙커 지붕에 벌렁 누워 팬티를 내렸다. 모포가 마르는 동안 다리를 벌린 채 그곳 말리기에 한참 공을 들였다. 이미 까맣게 그을려 있던 얼굴이 더 까매질 만큼 기다린 그들은 이 정도면 됐겠다 싶어 바지를 추켰다. 이걸로 걱정 하나는 덜어진 것이다.

먼저 일어난 동찬이 바짝 마른 모포를 한 장 들고 냄새를 맡아보았다. 얼굴을 심하게 찡그렸다. 모포에서 지독한 냄새가 나는 것은 당연했다. 작전 나가면 발이 땀에 젖고, 물에 젖기를 사나흘 반복하게 되면 발에서 무지무지하게 냄새가 난다. 그런 발로 돌아와 피곤하다는 핑계로 대충 씻고는 모포를 덮고 누워 버린다. 그럼 딱히 누구 발에서 나는 냄새인지 가리지 못하니 어물쩍 넘어가면서 모포에 냄새가 배게 된 것이다. 그러니 햇볕이 날 때마다 말려도 한 번 베인 냄새는 쉽게 빠지지 않는다. 동찬은 허 병장에게 모포를 들이밀며 말했다.

"이렇게 바짝 말려도 퀴퀴한 냄새는 날아가지 않네요."

허 병장도 냄새를 맡고는 모포에서 얼른 얼굴을 돌렸다.

"어휴. 고참 놈들 지들이 발을 자주 씻지 않아 이 지경이 된 걸. 맨 날 우리한테 지랄이야."

둘은 모포를 마주 잡고 탁탁 소리가 나게 털었다. 연병장 한쪽으로 트럭들이 분주하게 드나들고 있었다. 평소 대대 정문을 드나드는 일은 물차나 보급 트럭이 다다. 그것도 하루에 서너 번이 전부이지만 오늘은 달랐다. 트럭이 5대, 6대씩 뭉쳐 다니기를 벌써 몇 번째인지 모른다. 트럭에서 내리는 물품들도 얼핏얼핏 보인다. 철조망을 실은 차, 벙커 지붕용 암고를 실은 차, 각종 탄약 박스를 실은 차, C레이션을 실은 차 등이다.

동찬과 허 병장은 먼지를 털면서 트럭을 살폈다. 모포를 털 때마다 먼지가 퍼져 나갔다.

"우리 중대 출동한다지?"

먼지 속에서 말을 시키자 동찬은 간단명료하게 대답했다.

"그렇다네요."

동찬과 허 병장이 모포를 털고 있는 벙커에서 조금 떨어진 곳에는 가건물이 있다. 대대 인사과다. 그곳에서 문을 박력 있게 열고 나오는 신 병장이 보인다. 무슨 일인지 어깨에 힘이 잔뜩 들어간 신 병장은 의기양양하게 걸으며 너무 좋아 입을 다물지 못하고 있었다. 혼자 떠드는 목소리도 힘찼다.

"나도 드디어 싸우러 간다. 앗싸!"

허 병장은 의아했다.

'작전 중에 먹는 것은 C레이션이라 저 인간은 필요 없는데? 이상하다. 뭐 허락받고 맞짱이라도 뜨다는 건가?'

아무리 머리를 굴려 봐도 해답이 나오지 않았다. 그는 동찬에게 신 병장 쪽을 가리키며 이죽거렸다.

"짬밥이 싸우러 간다니? 짬밥 동네에서 신병이 왔나. 아이구 저 새끼 작살나게 깨졌으면 좋겠다. 그런데 저 인간. 꼴도 보기 싫은데 왜 이쪽으로 오지?"

동찬도 얄밉기는 마찬가지였다. 허 병장은 큰소리로 외쳤다.
"니 놈이 뭐 하고 싸우던 이쪽으로는 오지 마라!"

동찬과 허 병장은 네모반듯하게 접은 모포를 각각 20여 장씩을 나눠 들고 벙커로 들어가고 있었다. 그런데 짬밥 신 병장이 다가와 동찬을 툭 쳤다. 동찬은 얼굴이 가려질 만큼 모포를 높게 쌓아 안고 있었다. 살짝 모포를 치는 충격만으로도 모포가 흔들거렸다. 동찬은 입에서 저절로 욕이 나왔다.
"아, 씨팔"
신 병장이 1소대 벙커 쪽으로 찾아온 이유는 허 병장을 만나기 위해서였다.
"이봐. 처남 내가 짬밥장이라고 우습게 봤지? 진짜 용감한 사람이 짬밥이라는 것을 보여주지. 싸울 때 무서우면 내 뒤에 숨어. 알았지. 우하하하!"
신 병장은 뜻 모를 말을 남기고는 호탕하게 웃으며 왔던 길을 돌아갔다. 동찬과 허 병장은 멍하게 그를 바라보았다. 짬밥이 싸운다니 이해가 되지 않았다.
"재 왜 저래?"
동찬은 쓸데없는 일에 신경 쓸 거 없다는 식으로 대답했다.
"더위 때문에 내가 나를 모르겠는데, 저 뚱땡이 속을 어찌 알겠습니까?"

2소대 벙커 안에 9중대원 전원이 집합했다. 이곳의 크기와 구조는 1소대 벙커와 거의 흡사하다. 굳이 다른 점을 찾자면 벙커 벽면에 붙여진 여자 사진 정도다. 인원 정리를 마친 선임하사가 중대장을 기다리면서 몇 마디하고 싶은 말을 덧붙였다.

"너희들 해도 너무 한다. 제발 발은 좀 씻고 살자. 냄새 너무 독하다."

벙커 안에 들어가자마자 코를 찌를 듯한 냄새에 속까지 뒤집힐 지경이었던 선임하사는 이제 머리까지 아파지려고 했다.

그때 중대장과 소대장들이 막 벙커로 들어왔다.

"중대 차렷."

중대원들은 자세를 바로 하고 시선을 정면으로 향했다. 중대장과 소대장들이 들어와 자리를 잡자 선임하사는 지휘관들에 대한 예를 표한 후 보고를 시작했다.

"맹호! 열외병력 없이 백십칠 명 집합."

중대장은 중대원들을 쭉 둘러보고는 오늘 모인 이유를 설명했다.

"제군들. 우리 9중대는 작전 투입 명령을 받았다. 명예스럽게도 우리가 선봉이다."

벙커 안의 공기가 무거워졌다. 중대원들은 지금까지 말로만 들었던 큰 전쟁판에 간다는 말이 얼른 실감이 나지 않았다. 예상했던 일이었지만 막상 직접 듣고 나니 긴장이 되는 건 어쩔 수 없었다. 그럴수록 중대원들은 주먹을 꽉 쥐며 의지를 다졌다.

"이번 작전은 지금까지 매복해서 베트콩 몇 명을 상대했던 그런 소규모 작전이 아니다. 어쩌면 적의 최정예 군과 크게 한판 할 가능성이 크다. 왜냐하면, 우리 중대가 적이 장악한 지역을 접수해야 하기 때문이다."

중대원들은 환호했다. 그러면서도 낯빛은 굳어있었다. 중대장의 훈시가 계속됐다.

"우리 모두 이곳 이역만리 베트남에서 목숨을 걸고 싸우는 이유는 새삼스레 말하지 않아도 잘 알 것이다. 열심히 싸우고, 살아 돌아가서 부모님께 효도하자."

모두의 얼굴에 긴장감이 서린다. 중대장은 표정을 풀면서 말을 이어갔다.

"오늘, 그동안 여러분이 수고해 준 보답으로 내가 한잔 산다. 소대 당 맥주 열 박스씩!"

"와! 중대장님, 최고!"

회식

각 소대의 벙커에서는 야전 식기를 스푼으로 두드리는 소리와 노랫소리가 흘러나오고 있었다.

"인천에 성냥 공장, 성냥 공장 아가씨~~~."

"멀고 먼 남쪽 섬의 나라 월남의 달밤~~~."

목청 높여 노래를 불러가며 맥주 깡통을 돌린다. 벌써 몇 차례 맥주 깡통이 소대 전원에게 돌았다. 파월 병사들은 회식 때 깡통 맥주만 마신다. 다른 술은 없어서다.

소대장이 추가로 다섯 박스를 내 분위기를 띄우자 분대장들도 한 박스씩 내었다. 이 정도면 모두에게 코가 삐뚤어지는 양이다.

"이 병장! 한잔해."

"최 병장! 너도 해."

박 병장, 김 병장… 소대원들은 모두 병장이다. 아니, 중대 병사들은 거의 모두가 다 병장이다. 병사들은 베트남에 파병되면서 병장이 되었거나, 아니면 아주 빠른 시간 안에 병장이 된다. 그렇다고 해서 병사들끼리 상하 구별이나 위계질서가 없는 것은 아니다. 오히려 전투 지역이기 때문에 위계질서는 더 확실하고 엄격하게 지켜지고 있다.

병사들의 서열은 군번으로 따졌던 국내 서열은 무시하고, 월남 짬밥수로 매겨진다. 파월 순서로 서열이 정해지는 것이다. 이렇듯 모두가 병장이 된 이유는 단지 돈 때문이다.

당시 우리나라 경제 수준은 무척 낮았다. 국가 재건 사업에 전력을 기울이고 있던 시기여서 많은 돈이 필요했다.

월남으로 파병된 기간은 1964부터 1973년까지였는데, 당시 주월 한국군은 미국으로부터 한국군과 미군이 동일한 대우를 받는다는 파병 조건을 내걸었다. 미국군은 병장부터 직업군인이어서 계급에 따른 봉급에 상당한 차이가 있었다. 때문에 한국군도 병장이 50여 불, 상병이 20여 불을 받았다. 한 명당 30여 불의 차이가 나는 것이다. 또한, 그때 한국은 5급 공무원의 봉급이 약 2-3만 원 수준이었다. 그런데 파월 병장이 한 달에 2만여 원을 받았으니 한 가정이 한 달을 먹고 살기에 충분한 액수였다. 따라서 나라에 보탬이 되고 한 가정에도 좋은 일이니, 특별한 결격사유가 없으면 병장으로 진급시켜서 조금이라도 더 받아 내야 했던 것이다. 우리는 그렇게 돈 한 푼이라도 더 벌어야 했다. 그래서 너도나도 죄다 병장인 것이다.

국가에서 어떻든 우리의 병사들은 '대한민국의 국익과 자유 수호를 위해서 파병된 것'이라는 긍지 하나로 땀을 흘려 왔다. 그래서 지금, 전쟁을 앞둔 병사들의 노래에는 힘이 실려 있었다.

각 소대 벙커의 지붕이 들썩거릴 정도로 우렁찬 노랫소리가 계속되었다.

'두만강 푸른 물에 ….' 도 불려진다.

'인생은 나그네 길, 어디서 왔다가….'

같은 시간. 북베트남군은 투코 근처에 다다르고 있었다. 낮에는 정글에서 자고, 밤에 이동하기를 일주일 째. 그들이야말로 진짜 나그네 길을 걸어가고 있다.

* * *

대대 연병장에 트럭 30여 대가 정렬해 있다. 트럭 안에는 보급 물자가 가득 실려 있었다.

암고를 실어 적재 칸이 둥글둥글한 차, 철조망을 실어 고슴도치 등 같이 생긴 차, 야전 비행장 활주로로 쓰던 구멍 뚫린 철판을 실은 차, C레이션 박스를 가득 실은 차들이다.

운전병과 작전에 투입되지 않는 대대 잔여 병사들이 출발 전 점검을 하고 있었다. 대대 병사들은 어제 밤늦도록 상차 작업을 했다. 전투를 나가는 9중대에 보급 물자를 직접 싣게 하지 않은 것이다. 그들은 지금 다시 빠진 것이 없는지 확인 작업에 열중이었다.

완전군장 한 9중대원들이 속속 트럭에 올랐다. 그 가운데 유난히 눈에 띄는 병사가 있다. 얼굴에 호랑이 줄무늬를 그리고 특공대 복장을 한 인 상병이었다. 김 병장이 그에게 한마디 했다.

“이거 어느 나라 군대야?”

인 상병은 한껏 폼을 잡는다.

“남이사. 폼 한 번 죽이지!”

가장 먼저 차에 오른 최 병장이 곽 병장, 고 병장, 이 병장, 한 병장, 허 병장과 동찬을 일일이 당겨 올려 주었다. 무거운 완전군장 차림의 무게가 덜어져 훨씬 쉽게 트럭에 오를 수 있었다.

'최 병장은 겉으로 보기보다 참 따뜻한 사람이야.'

제힘으로 트럭에 오르지 못했을 허 병장은 생각했다.

행정반 막사에서 문 병장이 트럭으로 허겁지겁 뛰어오고 있었다. 출동 준비를 한 모습이었다. 그를 본 대원들은 놀라워했다. 최 병장 옆에 있던 한 병장이 물었다.

"재는 우리 중대가 아니잖아?"

최 병장이 나직이 말해주었다.

"내가 돌목사에게 이렇게 말했지! 중대원들이 네 기도를 들으면 힘이 난다고."

트럭 안 병사들은 배를 잡고 웃었다. 문 병장이 최 병장이 탄 트럭에 다다르자 최 병장은 손을 내밀어 트럭에 오르는 것을 도와준다. 트럭에 오른 문 병장은 자리를 잡고 앉았다. 소대원들은 시치미를 떼고 앉아있었다.

중대장이 출동 신고를 한다.

"9중대 장교 5명. 병사 122명 출동 준비 완료."

보고를 받은 대대장은 짧게 답했다.

"수고하게."

도열해 있던 트럭들이 동시에 시동을 걸자 연병장 안에는 엔진의 떨림으로 가득 찼다. 강 대위가 출발 신호를 내렸다. 연병장에서 선 차량 대열이 APC장갑차를 선두로 서서히 움직이기 시작했다. 차량 30여 대를 지휘하는 지프차에는 이동 지휘관, 강 대위, 포병 장교 염 중위가 타고 있었다. 대대 병사들은 정문 밖까지 나와 이들을 환송했다.

"잘 싸우고 와."

떠나는 9중대원들도 손을 흔들어 화답했다.

"그래, 고맙다. 잘 다녀올게!"

'행복에너지'의 해피 대한민국 프로젝트!

〈모교 책 보내기 운동〉

대한민국의 뿌리, 대한민국의 미래 **청소년·청년**들에게 **책**을 보내주세요.

많은 학교의 도서관이 가난해지고 있습니다. 그만큼 많은 학생들의 마음 또한 가난해지고 있습니다. 학교 도서관에는 색이 바래고 찢어진 책들이 나뒹굽니다. 더럽고 먼지만 앉은 책을 과연 누가 읽고 싶어 할까요?

게임과 스마트폰에 중독된 초·중고생들. 입시의 문턱 앞에서 문제집에만 매달리는 고등학생들. 험난한 취업 준비에 책 읽을 시간조차 없는 대학생들. 아무런 꿈도 없이 정해진 길을 따라서만 가는 젊은이들이 과연 대한민국을 이끌 수 있을까요?

한 권의 책은 한 사람의 인생을 바꾸는 힘을 가지고 있습니다. 한 사람의 인생이 바뀌면 한 나라의 국운이 바뀝니다. **저희 행복에너지에서는 베스트셀러와 각종 기관에서 우수도서로 선정된 도서를 중심으로 〈모교 책 보내기 운동〉을 펼치고 있습니다.** 대한민국의 미래, 젊은이들에게 좋은 책을 보내주십시오. 독자 여러분의 자랑스러운 모교에 보내진 한 권의 책은 더 크게 성장할 대한민국의 발판이 될 것입니다.

도서출판 행복에너지를 성원해주시는 독자 여러분의 많은 관심과 참여 부탁드리겠습니다.

도서출판 행복에너지 임직원 일동
문의전화 0505-613-6133

70대 인생을 재미있고 신나게 사는 이야기

김현 · 조동현 지음 | 268쪽 | 값 13,500원

저자 부부는 70대란 나이는 숫자에 불과하며 자신이 좋아하면서도 타인에게 도움을 줄 수 있는 일에 매진하면 얼마든지 노후를 신나고 재미있게 보낼 수 있다고 전한다. 초고령화사회를 눈앞에 둔 대한민국 사회에 가장 필요한 이야기에 귀 기울여 보자.

성공하는 자녀의 네 가지 비밀

박찬승 지음 | 300쪽 | 값 15,000원

책 『성공하는 자녀의 네 가지 비밀』은 자녀들의 성장 가능성과 적성을 가늠해보고, 아이들의 자존감과 자립심을 돕는 방법을 배울 수 있도록 구성되었다. 현재 대전 유성고 교장인 저자가 풍부한 현장 경험을 통해 알아낸 영재 공부 비법과 효율적인 학습법 또한 함께 담겨있다.

나는 오늘도 도전을 꿈꾼다

원유철 지음 | 264쪽 | 값 15,000원

1991년 경기도의회 최연소 의원으로 정계에 입문(28세)했던 원유철 국회의원(현역, 4선)이 전하는 삶의 이야기를 담은 책이다. 허기, 패기, 끈기, 용기라는 네 가지 주제를 중심으로 인생 역정과 정치인으로서의 행보 그리고 국민 모두의 행복한 삶을 위한 비전을 제시한다.

꿈의 크기만큼 자란다

조영탁 지음 | 288쪽 | 값 15,000원

'꿈'이라는 목표가 있기에 삶은 가치가 있고 사람은 미래를 향해 전진한다. 가장 중요한 점은 꿈의 크기에 한계를 두지 않았을 때 사람은 성장한다는 사실이다. 지금보다 더 '큰 사람'이 되고 싶다면, 성공을 위한 비전을 정확히 내다보고 싶다면 『꿈의 크기만큼 자란다』와 그 첫발을 시작해 보자.

내 인생의 터닝 포인트

김원수 · 박필령 지음 | 316쪽 | 값 15,000원

이토록 행복하고 멋있게 살아가는 부부가 있을까. 이 책은 암이 가져다준 고통마저도 삶의 축복으로 승화시키는 애정과 헌신의 힘. 한 명의 보잘것없는 인간이 부부가 됨으로써 위대한 존재가 되어가는 과정을 담고 있다. "나의 인생이 즐겁고 아름다운 까닭은 단 하나, 바로 당신. 몇 번을 다시 태어나도 나에겐 오직 당신뿐입니다."

소리

정상래 지음 | 352쪽 | 값 13,500원

1, 2부 총 8권으로 구성된 『소리』는 10년의 집필 기간이라는 혼신의 피땀이 담긴 역작이다. 『토지』나 『태백산맥』을 연상시킬 만큼 방대한 분량과 치밀한 구성, 유려한 서사는 이 나라, 바로 나 자신의 존재 가치와 이유를 증명하고 있다. 한 여인의 기구한 생이 한을 낳고 그 한이 혼으로 승화하는 과정을 통해 독자는 그 어느 작품에서도 맛볼 수 없었던 감동과 글의 풍미를 느낄 것이다.

참 아름다운 동행

권희철 지음 | 276쪽 | 값 15,000원

2005년 타인의 생명을 구하고 불의의 사고로 세상을 떠난 故 설동월 · 이진숙 부부의 이야기는 세상에 애도의 물결을 일으켰다. 두 의사자 부부의 세 살배기 아이도 훌쩍 자라 어느덧 소년이 되었다. 그 아이를 올바로 성장시키기 위해 어른들이 해야 할 일은 무엇인지를 책 『참 아름다운 동행』을 통해 알아보자.

부부가 함께 만드는 행복 사다리

신진우 지음 | 284쪽 | 값 15,000원

그렇게나 사랑한 나머지 손을 꼭 붙들고 함께 식장에 들어섰던 그 혹은 그녀의 존재를 재확인하고 다시 인정하는 것에서부터 관계의 회복은 시작된다. 책 『부부가 만드는 행복 사다리』는 너무나도 당연한 부부간의 다툼을 어떻게 받아들이고 부부싸움 후 어떠한 방식으로 화해의 실마리를 풀어가야 하는가에 대해 한 수 알려준다.

그대 인연을 사랑하라

남달구 지음 | 300쪽 | 값 15,000원

『그대 인연을 사랑하라』는 비록 남달구 기자가 세상에 내놓는 첫 번째 책이지만 안에 담긴 '맛과 멋'은 장인의 솜씨와 열정 그대로이다. 특종과 이슈가 아닌 '가치와 진실' 그리고 '참 나'를 찾아 떠나온 삶의 여정. 책 『그대 인연을 사랑하라』는 수많은 독자에게 참된 나와 진실한 세상으로 가는 길목의 이정표가 되어줄 것이다.

내 아이를 위한 인문학

채성남 지음 | 260쪽 | 값 15,000원

책 『내 아이를 위한 인문학』은 동양 최고의 스승 공자孔子의 『논어』와 그의 사상을 바탕으로 참된 교육에 대해 한 수 일러준다. 교권이 바닥에 떨어지고 방황하는 청소년이 늘어가는 이 현실을 타파할 유일한 해결책은 부모의 참된 교육임을 공자의 음성으로 생생히 또한 구체적으로 설명하고 있다.

부모를 위한 인문학

노재욱 지음 | 272쪽 | 값 15,000원

인성을 겸비한 영재를 고대하는 세상의 부모들을 위하여 한국인성교육학회 이사장 노재욱 박사가 동서양 인문학의 핵심만을 담아 자녀 교육서를 냈다. 부모는 자식의 거울임을 인지한다면 가장 좋은 자녀 교육의 길은 부모 스스로 소양과 인품을 갖추는 것임을 강변하고 있다.

하루 7분 기적의 글쓰기

김병규 지음 | 256쪽 | 값 15,000원

참 '말' 많은 세상이지만 정작 몇 줄 글을 제대로 쓰는 사람은 찾아보기 힘든 세상이다. 책 『하루 7분 기적의 글쓰기』는 누구나에게 익숙한 장르인 수필을 중심으로 쉬운 글쓰기의 진수를 보여준다. 하루 5분은 이 책을 읽고 2분은 자신만의 글을 쓴다면 글쓰기는 더 이상 두려움을 대상이 아닌, 삶의 맛을 더욱 풍성하게 해주는 향신료로 다가올 것이다.